内緒で三つ子を産んだのに、クールな御曹司の最愛につかまりました【憧れシンデレラシリーズ】

宝月なごみ

STARTS
スターツ出版株式会社

目次

内緒で三つ子を産んだのに、クールな御曹司の最愛につかまりました

【憧れシンデレラシリーズ】

私は大手文具メーカーで働く
三つ子のシングルマザー
羽澄真智（29）
この子たちの父親は
私の働く会社の社長で
御曹司である
降矢龍一（35）
彼から偽装結婚を
提案され交際へ発展
偽りの関係
だったけれど
私は彼に
恋をしてしまった

しかし
長期の海外赴任で
浮気を疑った私は
女の人の声…
彼へ一方的に
別れを告げ…

…別れましょう
その後 妊娠が発覚して
ひとりで育てていくと
決めたのに―
久しぶりだな

海外から戻った彼から呼び出され…!?
話がある
仕事が終わったら社長室へ
…なんのお話でしょうか
頭のいい君にわからないはずないだろう?
俺に突然別れを告げた理由を聞きたいに決まっている
クイッ
俺はあの頃からずっと
そして今でも君が好きだ
一体どういうこと――!?
口絵：ゐがた（サイドランチ）
キャラクター原案：南国ばなな

内緒で三つ子を産んだのに、
クールな御曹司の最愛につかまりました
【憧れシンデレラシリーズ】

愛する三つ子との生活

桜の花が散り始めた、三月の終わり。早朝はまだ冷えるので、私は布団にくるまって休日らしくゴロゴロしていた。

春の眠りというのは、どうしてこう気持ちがいいんだろう。何時間でも寝ていたい気分だ。

このまま昼頃まで惰眠を貪って、ゆっくり洗濯をして、掃除をして、簡単なお弁当でも作って近所の公園にピクニックへ出かける。

我ながらなんて素敵なプランだろう。最高の日曜日ね……。

薄っすらと目覚めてはいるものの布団から出る気は起こらず、ぬくぬくしながら寝返りを打つ。それから手を伸ばし、隣で寝ている我が子の温もりを感じようとして……異変に気がつく。ぴったり私にくっついて寝ていたはずの麦人がいない。

パッと目を開けて上半身を起こすと、麦人だけでなく秋人も楓人もいない。耳を澄ませると、リビングの方から騒がしい声と足音が聞こえた。元気そうなのはいいが、枕もとに置いていたスマホを手に取ると、まだ六時二十分である。

せっかくの日曜なのに……私の休日は、今この瞬間で終わってしまったようだ。あの子たちの朝食を用意しなければ。

温かい布団に未練を残しつつものっそり体を起こし、手首につけっぱなしにしていたゴムで鎖骨の下まであるミディアムヘアを束ねる。それからおもちゃ箱の上に無造作に置いていた眼鏡をかけると、寝室兼子ども部屋の和室を出た。

ふわぁ、とあくびをこぼしたところでリビングのドアが開き、駆け寄ってきたパジャマ姿の麦人が私の足にすがりつく。

「ママあぁぁ……！」

「おはよう。どうしたの、麦」

まだ一〇〇センチにも満たない二歳半の小さな体を抱き上げ、優しく声をかけた。

父親似のくっきりとした目もとは涙で濡れ、小さな唇は拗(す)ねたように尖(とが)っている。

本当の名前は麦人だけれど、家では略して麦と呼ぶことの方が多い。同じように長男の秋人のことは秋、楓人は楓と呼んでいる。

今年の誕生日で三十歳になる私、羽澄真智(はずみまち)は、三つ子を持つシングルマザーなのである。

「アキ、ぶったぁ」

「……どれ、見せてごらん」

小さな手の甲を見せてくる麦人だが、その肌には傷ひとつなく、つるんと綺麗(きれい)である。しかし、兄弟げんかがあったのは事実だろう。次男の麦人は、毎日のようにやんちゃな長男の秋人に泣かされているから。

「痛いの痛いの飛んでけ、する？」

「する」

「痛いの痛いの、飛んでけ——」

「あっ、ムギ！　ずるい！　だっこ！」

おまじないの途中でリビングから現れたのは、おもちゃの剣を手にした長男の秋人だ。顔は麦人とそっくりだが、性格は真逆のやんちゃな子。麦人がこうして私に甘えていると、すぐにやきもちを焼く。

「待って、秋は抱っこより先に麦に謝らなきゃダメでしょう？」

「やだ！　だっこ〜！」

次第に秋人の目まで赤く潤み始めたので、仕方がなく麦人を下ろして秋人の前にしゃがみ、目線を合わせる。

「ちゃんとごめんねして。麦、手が痛いって」

「……よわむし」

「ぶつかった、だけだもん……うえぇぇん」

どうしてきみまで泣くかなぁ……。

天を仰ぎたくなりつつも、根気よく秋人と麦人の気持ちを聞く。どうやらけんかの発端は、麦人が秋人の並べていたおもちゃの位置を勝手に変えてしまったことだったそう。

秋人はそれにカッとなって、麦人の手を剣の先でこつんとやってしまったらしい。

お互いさまなのでふたりともに「ごめんなさい」と言わせると、いまだに鼻をぐすぐす鳴らすふたりを両手で抱き寄せる。

「朝からけんかして、おなかすいたでしょう？　すぐ準備するね」

「うん」

「うん」

ふたりはよく似た顔でこくっとうなずき、私の肩口に顔をこすりつける。私は苦笑して、父親譲りの黒髪がつやつやと光るふたつの小さな頭をそれぞれなでた。

三人でリビングダイニングに戻ると、リビングのローテーブルでひとり、ジグソーパズルに勤しんでいる楓人の姿があった。

「おはよう楓。朝から精が出るね」

「おはようママ。あさごはん、てつだう？」

真顔で流暢に三語文を操る楓人は、ほかの兄弟ふたりとは少々毛色が違う。

父親似のふたりと顔のつくりはよく似ているものの、やわらかく茶色がかった髪、そして髪と同じ色をした瞳は、どちらかというと私似。そして容姿よりも際立つ違いは、その大人びた言動だ。

きみは、本当に二歳半なの……？

そう聞きたくなるくらい理性的で、あまり泣きも怒りもしない。

病院の先生が取り上げた順で言うと彼は三男なのだが、本当は一年くらい先輩なのではないかと思ってしまうくらいだ。

「ありがとう。でも危ないから座ってて」

「はーい」

テーブル付きの子ども用椅子をダイニングテーブルの横に三つ並べ、三人を座らせる。彼らの首に色違いのシリコンエプロンをつけたら、急いでキッチンへ駆け込んだ。

まずは冷凍ご飯を温めて三等分し、プラスチックの茶碗に移す。それから秋人のご飯にはケチャップを混ぜ込み、麦人のご飯にはおかかふりかけをまぶし、楓人のご飯にはひきわり納豆をかけ、ぬるめに温めた昨日のお味噌汁と一緒に出す。

あとは雑に作っても大丈夫なスクランブルエッグと、食べやすいように切ったバナナ、麦茶を出せば完了。

……なのだが、二歳児が綺麗に食事できるはずもないので、私は素のままの食パンをかじりながら、今度は監視員になる。

「秋、スプーンでテーブルを叩かない」

「麦、お味噌汁にバナナ入れて遊ばない」

「楓……は、ちゃんと食べてるね、えらい」

食べる量も好みも食事にかかる時間もまちまちな三つ子を見守っているだけで、朝からどっと疲れる。食後の後片づけに加え、もれなく食べこぼしが散乱するダイニングの床掃除も必須。掃除のしやすい防水マットを敷いているものの、食事を終えるたびにテーブルの下で四つん這いになっていると、時々腰が痛んだりもする。

まだギリギリ二十代なんだけどなぁ……。

なんて遠い目をしたくなる時もあるけれど、毎日たったひとりで三人の世話をしているわけではない。この家には、もうひとり頼りになる存在がいるのだ。

「ただいま〜。あれっ？　もう朝ご飯の片づけまで終わってる。早いね」

朝九時前に帰宅したのは、近くの大学病院で看護師をしている姉の美賢だ。身長一五五センチの小柄な私とは対照的に、一六九センチあるすらりとしたモデル体形。顔のパーツは私と似ているはずなのに、おしゃれでメイクも上手な姉は格段にあか抜けていて美人だ。

とはいえ姉も私と同じく、現在交際している男性はいない。

「うん。この子たち、なんと六時台に目を覚ましてさぁ……」

「お疲れ。昼寝してくれればいいけどね」

「だよね……疲れさせるために公園行くつもり」

昼間しっかり遊んで昼寝させなければ、夕方ぐずぐずしてしまう。

そうなった場合夕食の支度がかなり手間取るし、彼らが寝ている間に私も少し休まないと、体力が持たない。

「私も付き合うから、シャワー浴びたらちょっとだけ仮眠させて」

「ありがとう。でもちょっとと言わず、ちゃんと寝た方がいいよ」

「大丈夫。それに、真智ひとりで三人公園に連れていくのは危険よ」

「それもそうだね……恩に着ます、お姉様」

後光が差して見えるほど頼もしい姉に両手を合わせると、私は三つ子の子守に戻る。

休日はこうして三人のお世話と家事に没頭できるが、平日はそれに加え自分の仕事、そして保育園への送り迎えがある。

夜には気を失うほど疲れて子どもたちと一緒に寝落ちしてしまう日ばかりだが、姉と分担してなんとかこなせているし、日々は平穏だ。……今のところは。

ふと、ダイニングの壁にかけられたカレンダーを見る。二カ月ごとのカレンダーで、三月の隣に四月の予定も書き込めるようになっているタイプだ。

来月になったら、ついに彼が日本に帰ってきてしまう。離れている間は平常心でいられたけれど、また同じ会社で仕事をするようになるのだ。

彼と別れてから一度も転職を考えなかったわけではないが、現在の勤務先より待遇のよい企業はそうそうない。加えて三つ子の育児をしながらでは転職活動もままならず、結局はあきらめざるをえなかった。

彼と職場が同じという環境は気まずいが、帰国後すぐ社長に就任するであろう彼は、昔よりさらに多忙であるはず。一方的に別れを告げた私にわざわざ会いに来るとも思えない。

接点なんて生まれるわけないよね……。

不安をごまかすように、プレイマットの上で思い思いに遊んでいる三つ子に視線を移す。

大丈夫。これからも私たちの生活はなにも変わらない……。

胸の内で自分に言い聞かせると、洗濯機を回すために立ち上がった。


実際に新年度を迎えてみると、日々は相変わらず忙しく、三つ子の父親が帰国したという感傷に浸る暇もなかった。

彼が社長就任の挨拶をする動画を同僚たちと視聴した時だけほんの少し心が騒いだけれど、三年も離れていたせいか、今の彼はとても遠い存在に思えた。

「ママ、わすれものない？」

「たぶん……」

四月も二週目に入った、月曜日の朝。手をつないで歩く楓人の問いかけに、自信なくうなずいた。

毎日のことだが、三人分の荷物を持っての登園はすさまじく大変だ。とくに月曜日は、姉の手が借りられない場合、お昼寝用布団三人分、着替えや連絡帳の入ったリュック三人分を両脇に抱えた状態で、三人を園に送り届けなければならない。

双子用の縦型ベビーカーに秋人と麦人を乗せ、楓人は手をつないで園まで歩くのがいつものスタイル。ベビーカーは園で預かってくれるので、帰り方も同じだ。

横型ベビーカーや、大きなキャリーカートに荷物も三つ子も乗せてしまうなどいろいろ試してみたが、今の形が一番コンパクトで安全に歩けるので、このやり方が定着した。

といっても、決して平和な登園ができる日ばかりじゃないのだけれど……。

「やめてよぉ、アキ」

「やだ。まえ、みえない」

「うえぇ……アキ、けったぁ」

前の席に乗っている麦人が盛大に泣きだした。見ると、うしろの席の秋人が短い脚を伸ばして、麦人の背もたれを何度も蹴っている。

「あーきー、やめなさい」

「うしろ、やだ」

「毎日朝と帰りで交代してるんだから、今は秋がうしろの番でしょ？」

「ちがうもん！」

秋人が下唇を前に突き出し、泣きそうな顔になる。麦人もいまだに泣きやんでおらず、ふたり同時に泣かれる恐怖にぎゅっと心臓が縮こまる。

屋外とはいえ、まだ朝だ。子どもの泣き声に寛容な人ばかりでないので、こんな時どうしてもやきもきしてしまう。

効果的な声かけに悩み黙り込んでいると、楓人が遠慮がちに「ママ」と言った。

「きんようびのかえりも、アキ、うしろだった」

「えっ……？」

「ぼく、おぼえてる。ムギがころんでけがしたから、アキ、うしろでがまんしてた」

忙しい日々を過ごしていると先週金曜日の記憶すら遠い彼方だが、なんとか記憶をたどる。

そういえば、その日の麦人はいつも以上にぐずぐずしていた。園での外遊びの最中に転んだらしく、膝に擦り傷をつくっていたのだ。

帰る時に抱っこをせがんできたけれど、ひとり抱っこしてしまうとほかのふたりの安全が確保できない。だから、どうにかベビーカーに乗ってくれないかと苦心していたら、たしか秋人が自分からうしろの席に乗ったのだ。いつもなら前に乗る番なのに。

『ムギ、まえのって』

そう言ってくれた時の秋人の顔が、とても頼もしく見えたのを今になって思い出す。

おかげで麦人も機嫌を直し、無事に家に帰ることができたのだ。

なのに私がすっかり忘れて麦人を前に乗せてしまったから、秋人としては納得がいかないのだろう。

あぁ……一番ダメなの、私だった。楓人ですらちゃんと覚えていたのに……。

「ごめん、秋。こないだもうしろ乗ってくれたんだったね。忘れてたママが悪かった。でもさ、蹴るのはダメだよ」

秋人の目から、ポロッと大粒の涙がこぼれる。

……泣かせてごめん。そう思うと、私まで鼻の奥がツンとする。

「……かえり、まえのっていい？」

「もちろん。順番だもんね」

うなずいて微笑みかけると、秋人はごしごしと手で涙を拭う。

とりあえず長男は気を取り直したようだ。あとは泣き虫の次男……。

「麦、帰りはうしろだよ」

「うぇ……っ、やだぁぁぁ」

麦人も順番だとわかっているはずだが、今の状態ではなにを言っても無駄のようだ。

こんな時はあきらめて、保育園の先生に託すしかない。私と別れて園に行ってしまえば気持ちの切り替えができて、意外とすぐ泣きやんだりするのだ。

「じゃあね、秋、麦、楓。ママ仕事行ってくる」

先生に抱っこされているがまだ涙目の麦人、すっかりお兄さんの顔に戻った秋人、そして「いってらっしゃい」と余裕の笑みで私を送り出す楓人、三人の小さな手にそれぞれタッチして、今度は慌てて地下鉄の駅に走った。

三つ子を通わせている保育園は家からなら徒歩圏内だが、職場からは少し離れていて、これから地下鉄に四駅分乗る。

混雑する車両内にすべり込みフウッと息をつくと、まだ朝なのにフルマラソンを完走したかのような達成感に包まれる。

あの三人を今日も保育園にひとりで送り届けた自分、えらいぞ……。

自分で自分を褒めてやり、今度は頭を仕事脳に切り替える。

私の職場は、大手文具メーカー『スパーシル』本社のステーショナリー開発部。

本当はより上層部へ近い経営戦略部への異動が決まっていたのだけれど、妊娠を機に辞退した。三つ子を育てながら慣れない仕事をすることになるのは不安だったし、いずれ帰国する子どもたちの父親と近い部署で働くのには抵抗があったからだ。

そもそも、私は目立つことが嫌いな性格。次期社長との結婚なんて、たとえ〝偽装〟だとしてもうまくいくはずがなかったのだ。

だからといって彼を恨んでいるわけではないので、今後も会社の歯車として、文具の開発に真摯に向き合うだけ。そうして得たお給料で、三つ子の教育資金をひたすら貯めるのが、当面の人生の目標だ。


日本橋にあるスパーシルの自社ビルに到着すると、エントランスの巨大モニターに『恋叶』という名の鉛筆のＣＭが繰り返し流れていた。私が過去に開発した夜光鉛筆『夢叶』の姉妹商品で、一見シンプルな鉛筆であるものの、暗い場所で見ると小さなハートの絵と恋の格言などが光って浮き上がるというものだ。

この鉛筆を使ってラブレターを書くと成功するだなんて噂も学生の間では生まれているらしい。デジタル端末に慣れきった子どもたちの心に、鉛筆というアナログな文具が響いたことは、文具メーカーのいち社員としてとてもうれしい。

「おはようございます」

開発部のオフィスに到着し、同僚たちに挨拶をする。すると、年度初めに課長から部長に昇進した石狩さんが、私のデスクに歩み寄ってきた。

年は三十七歳。ソフトリーゼントの髪形や眉に二センチほどの傷があることから、第一印象は怖い上司。実際、学生の頃は弟と一緒にバイクを乗り回してやんちゃをしていたらしいが、ぶっきらぼうな口調とは裏腹に世話を焼きたがるタイプである。開発の仕事のおもしろさを教えてくれたのも彼だし、すぐに上司として信頼できる存在になった。

「羽澄、ちょっと」

「はい。なんでしょう?」

書架の並んだオフィスの隅に連れていかれ、腕組みをした石狩部長と向き合う。彼が渋い顔をしているので、仕事でなにか迷惑をかけただろうかと不安になった。

「あの、なにかよくない話でしょうか……?」

「まぁ、お前にとってはそうかもしれん」

「私にとって?」

奥歯に物が挟まったような言い方をされ、首をかしげる。部長は仕事のダメ出しでもなんでも、いつもならハッキリ言うタイプなのに。

「ああ。……アイツ、シンガポールから帰ってきたろ?」

アイツって……もしかして。

石狩部長は、三つ子の父親である龍一(りゅういち)さんの大学の先輩にあたる。なので、後輩である龍一さんと部下である私の交際がうれしかったらしく、時に冷やかしながらも温かく見守ってくれていた。

「龍一さんがなにか……？」

「お前さんと腹を割って話したいそうだ。もちろん、今の羽澄が子持ちで、しかもその子どもが三つ子だなんて話してない。ただ、話し合うことには賛成した」

石狩さんは直属の上司なので妊娠や出産をごまかすわけにもいかず、こちらの状況はすべて知っている。三つ子の父親が龍一さんだということも。

だから心配してくれているようだ。

「お気遣いありがとうございます。ですが、話すことはありません。私はあの子たちをひとりで育てるって決めたんです」

「しかし、お姉さんの協力あってのことだろう。お姉さんが結婚する、あるいは仕事で遠方へ引っ越す、そんな事態になったらどうする？」

「それは……っ」

反論できずに口ごもる。

たしかに、姉の協力がなければまだ小さな三つ子を育てるのはかなり難しい。ただでさえ看護師の仕事で忙しい姉に、負担をかけている自覚もある。

「俺は独身だからいつ野垂れ死んでも誰も困らないが、お前が倒れたら三つ子との生活は詰むだろ。例えばお前が病気でしばらく入院なんてことになったら、お姉さんに休職してもらうのか？　ほかの親戚に頼るとしても、普段世話をしてない人間が三つ子の面倒を見るのはそう簡単じゃないだろ？」

部長の言い分がどれも正論なので、思わず目を逸らしてしまう。

今までは幸運にも風邪ひとつひかずに子どもたちを育ててきたけれど、これからも健康でい続けられる保証はない。私が倒れたら……麦人は泣くだろう。秋人だって。楓人だってああ見えてまだ二歳半だ。唯一の保護者である私が頼れなくなったら、小さなあの子たちはきっと、生きていくことさえ危うい。

「アイツとヨリを戻せと言ってるわけじゃない。子どもの保護者として、やるべきことはきちんとやれと言ってる。……子どもたちのためにしっかりしろ、羽澄」

「はい……」

私が神妙にうなずくと、部長がポンと肩を叩いて自席に戻っていく。

彼の言い分はもっともだ……。姉の手を借りていても毎日クタクタで、子どもたちの些細な言動を見逃したり、忘れてしまったり。今朝はそのせいで秋人と麦人に嫌な思いをさせたし、楓人にも子どもらしくない気遣いをさせてしまった。

自分ではなんとか子育てできているつもりだったが、指摘されてみると至らない点ばかりで嫌になる。

でも、だからといって龍一さんに相談するのはハードルが高すぎる。

スパーシルを創業した降矢家の御曹司である彼に、三つ子の存在なんて負担でしかないだろう。もしくは可能性は低いとしても、男の子だからと降矢家の後継ぎに取り上げられてしまっては困る。

……本当に、どうしたらいいんだろう。

重たい気持ちを引きずりながらもなんとか仕事を始め、昼休みを迎えた頃だった。

ステーショナリー開発部に、龍一さん本人が姿を現したのは。

「久しぶりだな、真智」

頭上から降ってきた低い男性の声に、キーボードを叩く手をぴたりと止める。それから、デスクの上に飾っている三つ子の写真を隠すように、写真立てに手を伸ばしてすばやく倒した。彼に見られるわけにはいかない。

普段オフィスに現れることなどない人物の来訪に、室内は水を打ったように静まり返った。

石狩さんから彼の意思を聞いていたとはいえ、わざわざオフィスまで会いに来るとは予想外だ。

婚約解消の件を私から直接話したのは石狩さんだけだが、龍一さんの帰国後もまったく仕事スタイルを変えず、退勤後は急いで保育園に直行する私の様子から、周囲もそれとなく私たちの破局を噂している。

『じゃあ、羽澄さんが産んだお子さんたちの父親って誰なんだろう……？』

彼の帰国から数日後、同僚たちがそんな話をしているのも耳にした。

龍一さんという婚約者がありながら、浮気して身ごもったのでは？なんて疑惑の眼差しも時々感じるけれど、気づいていないフリで無視している。

浮気の証拠なんてあるはずがないので、噂だけならすぐに消える。それに、龍一さんの婚約者という立場がなければ、私はただの地味な社員。話題にしたっておもしろくないと、そのうちみんな気づくだろう。

……なんて思っていたのに、龍一さんからいきなり下の名前で呼ばれて動揺する。

私たち、もう赤の他人じゃないの……？

声に出さずに問いかけながら、彼のスーツのネクタイをたどるようにしておそるおそる視線を上げる。強い意思を滲ませる漆黒の瞳でこちらを見すえているのは、元婚約者である降矢龍一さんその人だった。

動画で一度顔を見たとはいえ、別れた三年前より痩せて精悍さの増した顔、少し伸びた髪に大人の色気を感じ、不覚にも鼓動が激しくなる。

「話がある。仕事が終わったら社長室へ」

感情の読めない声で淡々と言うと、彼はスッと私のもとを離れていく。その姿が扉の向こうに見えなくなっても、彼のまとうシャープな印象のフレグランスが残り香となって漂い、私の胸をかき乱した。

「どうしよう……」

龍一さんがいなくなるとともに騒がしさを取り戻したオフィスで、ぽつりと呟く。

私と彼はたしかに婚約者同士だったけれど、彼がシンガポールへ赴任している間に、私が一方的に破棄した。そうでなくても、私たちの婚約は偽装結婚の単なる布石だったのだ。改めて話し合うことなんてないはずだ。

先ほど倒した写真立てをもとに戻し、写真の中にいる我が子たちをジッと見る。

三つ子がまだ〇歳の頃、同じように大の字になって眠っている姿が微笑ましくて撮ったものだ。

彼らは自分たちに父親はいないものだと思っている。『お母さんしかいないおうちもあるんだよ』と、私が説明しているからだ。

今はなんとなく受け入れてくれているけれど、成長すれば自分たちの出生について、疑いを持つかもしれない。

その日がきたらどうするか、彼らを産んでからずっと考えているけれど、答えは出ない。

私はあなたたちの父親を愛していたけれど、彼の方は違った。

そんな真実を告げるのは、残酷すぎる気がして——。

不意に胸が苦しくなって、ギュッと目を閉じる。

龍一さんと過ごした甘く切ない日々が、頭の中を走馬灯のように駆け巡った。

偽装結婚の相手に任命されました

――三年前。

「素敵。タイムスリップしたみたい……」

風に揺れる柳の緑を水面に映す、倉敷(くらしき)川。川を挟んだ両脇に白壁の土蔵や町屋が立ち並んだ風情ある景色を眺めながら、ぽつりと呟いた。

秋晴れの広がった十月上旬の金曜日。私は岡山(おかやま)県の倉敷美観地区を訪れていた。スパーシルの研修旅行の一環だ。

スパーシルという社名は、閃光やきらめきを意味する『sparcle(スパークル)』と『pencil(ペンシル)』をかけ合わせた造語。〝毎日使う文具にきらめきを〟という意味が込められているらしい。

私もそんな社名に恥じない文具を生み出すべく、本社のステーショナリー開発部でコツコツ日々の業務をこなし、今年で入社五年目になった。

ボツになった企画は数えきれないが、企画が採用されて商品になり、店頭に並ぶ喜びは何物にも代えがたい。仕事のほかに趣味はなく恋人もいない私にとって仕事をがんばることだけが生きがいだが、今回の研修旅行はそのご褒美のようなものだった。

というのも、この研修はスパーシルの全社員が参加できるわけではなく、入社五年目以下の若手社員の中から、日々の業務成績や担当部署の上司の推薦により選ばれた三十余名のみ。

上司の石狩さんから『今回は羽澄を推薦しようと思う』と持ちかけられた時は恐縮しきりだったけれど、内心ではとてもうれしかった。

研修の地にこの土地が選ばれたのは、社長のご子息である、降矢専務の意向だとか。文具メーカーとしてものづくりに携わる以上、美しい自然や建築物などに心動かされる経験は必ず社員にとってプラスになる。街の歴史を知り、素晴らしい景観に刺激を受け、本社に戻った時の糧にしてほしいと考えているらしい。

午前十時頃に新幹線で岡山駅に到着し、座学研修の始まる午後一時半までは自由時間だ。

とはいえ自由時間も研修の一環。日々の仕事に生かせるよう、観光中も常にアンテナを張っていなさいと、研修前のガイダンスで研修担当の上司から指示されている。

私はそれをまじめに受け取ってメモを片手にひとりで観光している最中だが、ほかの社員たちは普通の旅行のように楽しんでいる。

座学研修の最後には試験があるっていうのに、あんなにのんきでいいのだろうか。

なにかしらの学びを得て帰らなければ、私たちに期待してこの旅行を企画してくれた上司や先輩方に顔向けができない。

気楽そうに観光する同僚に小さくため息をつくと、かけている眼鏡のブリッジを押し上げて再び川沿いの景色に目を向けた。

手もとのメモに【ゆっくり進む川船】【船頭さんの身に着けたオレンジ色の法被が目に鮮やか】【屋根の上で風見鶏がくるくる回っている】など、目に入ったものを次々書きつける。使用しているペンもメモ帳も、もちろん自社製品だ。

使いやすさを追求したボールペンは手にしっくりとなじむし、メモの書き心地もバツグン。ステーショナリー開発部の一員として、先輩たちの実績に感心するばかりだ。

「ここは最高ね。ほんとに映える景色ばっかり」

不意に、明るいベージュのパンツスーツと風になびく長い髪が視界に入る。

ケースにキラキラのグリッターが敷きつめられたスマホを手にして人懐っこい笑みを浮かべているのは、同期の小峰詩。すらりと背が高くタレント顔負けの華やかさがあるだけでなく、頭の回転が速く優秀。

常務の娘でもあるため、社内で高嶺の花的存在だ。

「ねえ羽澄さん、倉敷川を背景に、私の全身が写るように撮ってくれる？」

彼女は所属する広報部で会社のSNS担当を任されており、投稿をバズらせるのはお手のもの。とにかく欠点がまるでないすごい女性なので、同期とはいえ差し出されたスマホを受け取るだけでも挙動不審になった。

「い、いいの？　私、写真下手だけど……」

「平気。どうせ加工するし」

さっぱりとした物言いも感じがよく、さすがだなと思う。他部署で接点のない私の名前を覚えている記憶力のよさにも感心する。

せっかく頼んでくれたのだから、ぶれたり指が写り込んだりという失敗だけはしないよう、細心の注意を払って美しい小峰さんの姿を写真に収めた。

彼女はあえてカメラ目線ではなく川の方へ視線を向けていて、プライベートで散歩をしているかのごとく気楽そうな表情をしている。それが逆に洗練されて見えるから不思議だ。

「ありがと〜羽澄さん。助かった」

「どういたしまして。SNS用だよね？　お疲れさま」

「そうそう。あ、せっかくだから羽澄さんも一緒に写る？」

私が小峰さんと一緒に、会社の公式アカウントに載せる写真に？

ぎょっとしながらも、彼女とのツーショットを想像してみる。

タレント然とした美しさの小峰さんと、特徴のない丸顔に眼鏡をかけ〝一般人です〟と書いてあるような容姿の私が並んだら……。

うーん、フォロワー数がひと桁減ると思う。

「めっそうもない。小峰さんの素敵な写真だけで十分だよ」

「ふふっ、冗談冗談。たぶん加工しきれないもん」

「だよね～、あはは……」

愛想笑いを返しつつも「ん？」と引っかかる。

加工しきれないって……結構辛辣なことをおっしゃられたような。

次の撮影場所を求めて颯爽と離れていく小峰さんを見送りつつモヤモヤしていると、誰かに背後からポンと肩を叩かれた。

「よっ。お疲れ」

「霜村（しもむら）くん」

振り向いた先にいたのは、私や小峰さんと同期の霜村くん。がっちりとした体躯にサイドを刈り上げたワイルド系のショートヘア、そして人のよさそうな垂れ目がトレードマークの営業マンだ。

入社直後の研修で同じグループになったのがきっかけで親しくなり、人見知り気味な私でも緊張せずに話せる相手だ。

「ちょっとした修学旅行みたいだよなぁ」

霜村くんはのんびりそう言って、頭のうしろで手を組んだ。

「ダメだよ、まじめに観光しないと。この自由行動に隠されたなにかがテストに出るかもしれないんだし」

「まじめに観光って。なんか矛盾してない？」

「そう？」

首をかしげてメモを見返す。霜村くんは「羽澄らしいな」と呟き、少し先の店を指さした。

「ちなみにひとりならメシ付き合ってくれない？　あそこのアジア料理がうまいんだって」

「いいけど……ご飯、私となんかでいいの？」

霜村くんは営業部員なだけあって、基本的に人たらしで顔が広い。今回のようにさまざまな部署から集められたメンバーの研修でも、彼なら親しい同僚のひとりやふたりいるだろう。

「だって羽澄、俺がいないとぼっちじゃん」

「まぁ、否定しないけど……別にひとりだからって寂しいとは思わないから、気を使わないでいいよ」

決して強がりではない。高校時代に亡くなった母が、私とひとつ上の姉によく言い聞かせていたのだ。

『一生懸命勉強して、誰にも依存せずに生きられる自立した女性になりなさい』

これは、母の経験からくる言葉だった。

父親だった人には父性のような感情があまりなく、母が姉と私を年子で産むと育児を放棄するように家に寄りつかなくなり、すぐに離婚したそうだ。私が物心ついた時にはすでにいなかったし、養育費も一銭も払っていないのだとか。

それから母は私と姉を女手ひとつで育ててくれたけれど、高卒のために条件のいい仕事に就くことが難しく、我が家は経済的に苦しかった。

だからこそ、母は我が子には同じ苦労をさせたくなかったのだろう。

勉強していい大学に入って、安定した職に就く。それが母の理想とする将来だった。

姉が高三、私が高二の時に母が脳出血でこの世を去ってからも、私たち姉妹は変わらず母の期待に応えようと必死で勉強した。大学に通うには奨学金を利用するのが必須条件だったため、成績は絶対に落とせなかった。

無事に大学を卒業した後、姉は看護師になり、大学病院に勤務。私は堅実な大手企業スパーシルへの就職を決めたわけだが、日夜スキルアップのための勉強に明け暮れていたために、恋人はおろか親しい友人すらいない。

つまるところ霜村くんが言ったように〝ぼっち〟なのだが、ひとりには慣れているし、必要以上の疎外感を感じたりはしないのだ。

「羽澄は平気でも、俺は誰かがひとりでいると無性に気になっちゃうんだ。だから付き合ってくれよ。どうせ後になってひとりでなにか食べるなら、今俺と一緒に食べても問題ないだろ」

「……それはそうだけど」

「じゃあ決まりな。混む前に行こうぜ」

少年のように笑って足を速める霜村くんは、スーツを着ていなければ本当に修学旅行生みたいだ。女子高、女子大出身の私は基本的に男性は苦手だが、霜村くんは昔からの友達のような親しみやすさがあるから、付き合いやすい。

だからこうして彼のペースに巻き込まれてしまうのだけれど……おなかもすいているし、まぁいいか。

肩から提げたバッグの持ち手をギュッと握り、霜村くんの背中を追いかけた。

午後一時を過ぎてから座学研修の行われる貸会議室に移動し、外部から招待した企業コンサルタントによる講演に参加した。

長机が並んだ会議室のどの席に座るかは自由。前方のスクリーンが見やすい部屋の中央の席に着くと、少し遅れて隣の席に小峰さんが座った。彼女が椅子を引いただけで、バラのような甘い香りが辺りに漂う。

「ねえ、羽澄さんって霜村くんと付き合ってるの？」

「えっ？　どうして？」

「お昼、一緒に食べてたじゃない」

小峰さんが冷やかすようにクスクス笑う。そうか……。男女がふたりでご飯を食べたら、そんなふうに誤解されてしまうのか。

「まさか。ただの友達だよ」

「え〜、そうなの？　見た目レベル的にお似合いだと思うのに」

見た目レベル？　私はたしかに地味で容姿にもまったく自信がないけれど、霜村くんまで一緒にけなされるのは違うだろう。

「そ、それは霜村くんに失礼だよ……」

「えー？　もしかして、羽澄さんってああいうのがカッコいいと思えるタイプ？」

話がかみ合わない……。

なんと言おうか悩んでいるうちに、四十代くらいの男性講師がやって来る。小峰さんがすぐにスッと背筋を伸ばして口をつぐんだので、私も慌てて講師に注目し、姿勢を正した。

講演テーマは【次世代を担うリーダーになる方法】だった。

私は性格的にリーダーという器じゃないけれど、目標とするゴールに向かって、一つひとつステップを積み上げていく具体的な手法や、ストレスに負けないメンタルづくりの習得などどれも興味深い話ばかりで、夢中になって講演に聞き入った。もちろん、手もとのメモにペンを走らせるのも忘れずに。

やがて九十分の講演が終わり、休憩時間になった。

この後はいよいよテストなので、トイレを済ませて早々と席に戻り、メモを見返す。

「ねえ羽澄さん、ちょっと」

慌てた様子の小峰さんが、私の肩をせわしなく叩く。

「どうしたの？」

「見て、降矢専務よ。研修に来てくれるなんて知らなかった……」

彼女のうっとりした視線を追うと、先ほどまで講師が立っていた場所に、ひとりの長身男性がいた。紫紺のスリーピーススーツに身を包み、軽く目にかかった前髪を指先でスッとよけながら、手もとのタブレットに視線を落としている。

ビジネス誌や社内報の写真で容姿端麗な方だとは知っていたものの、降矢専務に直接お目にかかるのは初めて。

三年前に二十九歳の若さで専務に就任したと社内で話題になっていたから、おそらく現在の年齢は三十二歳。小峰さんが見とれてしまうのも仕方がないくらい麗しい見た目だし、御曹司という言葉のイメージとは少し違う、仕事ができる人特有のピリッとしたオーラを感じる。近寄りがたい雰囲気なのに、目が離せない。

やがて休憩時間が終わると、降矢専務がマイクを手にして、会議室全体を見ながら挨拶をした。

「皆さん、本日はお疲れさまです。専務の降矢です」

穏やかな中にも芯のある低めの声。専務からのありがたいお言葉だと緊張する私の隣で、小峰さんがはぁ……と甘い吐息をつく。目の中にハートマークが見えるようだ。

「この後の試験ですが、本日の講演内容、当社スパーシルに関する問題に答えていただくほか、午前中の自由行動の所感、それから皆さんが思い描く理想の文具メーカーの姿について、自由に記述していただきます」

決まった答えのある問題ばかりでないと知り、少し動揺した。たぶん、ほかの参加者の心境も同じだろう。声こそ発しないが、会議室全体に緊張感が漂い始める。

「記述問題の採点は、私が行います。そしてほかの問題との総合的な結果を踏まえ、最も成績のよかった一名を、来年の秋から経営戦略部のメンバーに加える予定です」

専務がそう口にした瞬間、会議室がどよめいた。

「ここにいるのは入社五年目までの若手社員ですから、経営の知識がない方が多いかと思いますが、経営戦略部に入ってから鍛え上げますのでご心配なく」

経営戦略部とは、ひと握りの有能な社員だけが選ばれる、社長直属の特命部隊だ。開発部の私では力不足ではないかと思う反面、経験を積んでいつかはその輝かしいポストに……と淡い希望を抱いていたのもあり、胸がドキドキと高鳴る。

「……絶対トップになる」

先ほどまでの浮ついた様子を消し、力強い口調で呟いたのは、小峰さんだ。

彼女をはじめ、今日ここに集められているのはそもそも優秀な社員ばかり。

自分が選ばれる確率は低いだろうけれど、私は私の実力を発揮できるよう、まじめに試験に臨むだけだ。

「試験時間は今から五十分です。それでは始めてください」

問題と解答用紙が全員にいきわたったところで、専務が試験開始を告げた。

いっせいにペンが走りだす音が響き渡り、負けじと問題文を睨む。

長いようで短い五十分が、刻々と過ぎていった。


テストが終了したのは午後四時頃。

結果発表まで二時間ほど空くので外へ出てもかまわないのだが、貸し会議室はその間も使えるため、私は席に着いてビジネス本を読んでいた。隙間時間に読書や勉強をするのは学生時代からの習慣だ。隣の席では、同じくこの部屋に残っている小峰さんと霜村くんが話している。

「やっぱり難しかったなぁ……。記述問題って文字数多い方がよさげだけど、俺半分くらいしか埋まらなかったよ」

「私はきっちり最後まで埋めたわよ。その前の問題も完璧」

「羽澄は？」

霜村くんに話を振られ、読んでいた本から目線を上げる。

「私は……解答欄のスペースが足りなくて、枠外にはみ出しちゃったんだよね」

自分の解答用紙の状態を思い出し、苦笑する。

とくにスペースを使ってしまったのが、【理想とする文具メーカーの姿】。

私が現在開発を担当している筆記具に絡めた内容にしたせいか、少々熱が入りすぎてしまった。

「さすがだなぁ。どうしたらそんなにポンポン文章が出てくるんだよ」

「うーん……試験の時は夢中だったから」

「枠外にはみ出すなんて、減点かもしれないじゃない」

小峰さんの冷めた言葉が、グサッと胸に刺さる。

実はその可能性は考えていたのだ。うまく記入欄のスペースに文章をまとめるのも能力のうち。私はつまらないことをダラダラと長文にしただけなんじゃないかって。

けれど、終わった試験のことばかり考えていても仕方がない。今から直すことはできないのだから、観念して結果発表を待とう。

「あっ。専務来たぞ」

霜村くんが小声で言い、慌てて自席に戻っていく。なにげなく腕時計を見ると、現在午後五時五十三分。予定より少し早く採点が終わったようだ。

外出していたほかの参加者たちも十分前には会議室に戻っていたので、立ち歩いていた数人が席に戻ると、会議室は静まり返った。

皆の前に立った専務は一度全員の顔を見渡し、それから一枚だけ手にしている試験の解答用紙に視線を落とした。

彼の一挙一動に、ごくりと喉を鳴らす。

「お待たせしました。先ほどの試験ですが、皆さんとても優秀な成績でした。今回トップを逃した方たちも、必ず当社の中核を担う人材に成長してくれる。そう確信し、とてもうれしく思いました」

試験は全体的に好成績だったようだ。降矢専務をがっかりさせずに済んでよかった。

「そんな中、文句なしの満点を獲得した方がたったひとりだけおりますので、発表します」

専務が小さく息を吸った瞬間、心臓が大きく脈打つ。小峰さんは目を閉じ、胸の前で両手を握りしめている。

彼女かもしれないし、霜村くんかもしれないし、全然別の人の可能性だってある。

それでも自分の名が呼ばれる期待も捨てきれず、息をのんで発表を待つ。

「羽澄真智さん」

一瞬、心臓が止まったかと思った。

今、呼ばれたのって、私……？

降矢専務は静まり返った室内を見渡し、バツが悪そうに笑った。

「すみません、私はお顔がわからないので、手をあげていただけると助かります」

きょろきょろとする専務の姿を見て、ハッと我に返った。

「は、はい。羽澄です……！」

右手をあげて、ガタッと席を立つ。隣の小峰さんが「立てとは言ってないじゃん」と、あきれたように呟いた。かぁっと頬が熱くなる。

「おめでとうございます。どうぞ前へ」

「は、はい……」

専務の上品な微笑みに、ますます顔が火照ってくる。試験一位という結果はうれしいが、目立つことは苦手なのだ。

右手と右足が一緒に出そうなぎこちない動きでなんとか専務のもとへ歩み寄る。

すぐそばに立ってみると、思っていた以上に彼の背が高いことに気がついた。一八○センチはあるだろう。

降矢専務は私の姿を見下ろすと、クスッと笑った。

「眼鏡がずれている」

私にだけ聞こえる微かな声でそう言うと、細長い指でさりげなく私の眼鏡のつるを押し上げた。

「あ、ありがとうございます……」

遠くから眺めていただけでもその整った容姿と圧倒的なオーラがまぶしかったが、近くで見た彼はその比ではなかった。おまけに眼鏡を直すだけとはいえ彼の手が顔に触れそうになったので、男性に免疫のなさすぎる私の胸は勝手に早鐘を打つ。

「記述問題の解答、とてもよかったです。リサイクル工場の建設は私も視野に入れていますので、あなたの思い描いているビジョンは経営陣に近いと言えるでしょう。スパーシルを愛し、日々の業務に真摯に取り組んでいる姿勢がよくわかりました。経営戦略部のメンバーとして、戦力になってくれますね？」

専務の口から紡がれる言葉の一つひとつが、キラキラとした星屑のように胸の中で輝く。現在は廃棄物回収業者から買い取っている文具の素材。それを自社でまかなえたらと、会社直営のリサイクル工場について私はたしかに記述していた。

もしかしたら机上の空論かもしれないと自信はなかったのだが、専務も同じ意見だったとは驚いた。

本当に、私が……経営戦略部の一員になれるんだ……。

今までがんばってきて本当によかった。帰ったら、姉と仏壇の母に報告しよう……。

「はい。ご指導ご鞭撻のほど、よろしくお願いします……！」

ぺこりと頭を下げると、ほかの参加者たちから拍手がわく。

顔を上げた先で専務もささやかに拍手しながら微笑んでいて、夢の中にいるかのように足もとがふわふわした。

「それでは、本日の研修は解散とします。宿泊先でゆっくりお休みください」

試験の結果発表が済み、専務が長かった研修の終わりを告げて退室する。

いまだに胸がいっぱいの私が席に座ったままぼうっとしていると、荷物をまとめた小峰さんが派手な音を立てて椅子から立ち上がった。その横顔は不機嫌そうだ。

「お、お疲れさま」

トップを目指していた彼女だから試験の結果に納得がいかないのかもしれない。とはいえ挨拶をしないのもおかしいので、一応声をかけた。

「ばっかみたい」

「えっ……」

「まじめで勉強ができることしか取り柄のない人間を欲しがるなんて、専務も経営戦略部もおかしなことを考えるものよね。選ばれなくて正解だわ」

私を見下ろして嘲笑を浮かべる彼女に絶句する。今日一日で彼女の発言には何度か引っかかっていたけれど、さすがにその意見は乱暴すぎないだろうか。

「小峰さん、スパーシルが好きじゃないの？」

「は……？」

「私は好きだよ。会社が作る文房具も、挑戦し続ける姿勢も。だから、その気持ちとこれから自分がやりたいことを、一生懸命解答用紙にぶつけたの。私個人についてバカにするのはかまわないけど、熱意をくんでチャンスを与えてくれた会社に文句を言うのは違う。……と思う、よ」

つい反論してしまったが、基本的に人とぶつかり合うことが苦手なのでだんだんと弱気になって、最後の方は声がかすれた。

案の定、小峰さんの顔にはありありと怒りが浮かんできて、背中に冷や汗が伝った。

余計なことを言ってしまったかも……。

「試験の成績がよかったってだけで、ずいぶん偉そうになるものね。まぁいいわ。経営戦略部に入ったところで、どうせ実力不足で勝手に落ちぶれていくんでしょうし」

「小峰、八つあたりはそれくらいにしておけよ」

見かねた様子で間に入ってきたのは霜村くんだ。小峰さんはキュッと下唇を噛むと彼を睨みつけ、なにも言わずに私たちのもとを離れていった。

緊迫した空気が和らぎ、肩の力が抜ける。

「ごめん、霜村くん。また気を使わせちゃったね」

「まったく、同期なんだから仲よくすりゃいいのに……小峰のことだ。自分がトップじゃなくて拗ねてるだけだろ」

「それもそうだけど、私のことも気に食わないんだと思う」

気心の知れた霜村くん相手なので、感じたままを口にしてふっと苦笑した。

「気に食わなくたってそれが結果なんだ。謙虚に受け止めないやつに成長はないよ」

「霜村くん……たまにいいこと言うよね」

「〝たまに〟が余計なんだよ」

いつものように屈託なく笑う彼に励まされ、小峰さんのことは気にしないようにしようと決める。彼と連れ立って会議室を出ると、通路の端に立ち、帰っていく参加者たちに挨拶をする専務の姿があった。

目が合ったのでぺこりと会釈をすると、切れ長の目を細めてふっと微笑んだ彼が近づいてくる。

え……なんで？　私、なにかした？

「お疲れさま。きみを待っていた」

「な、なにかご用でしょうか？」

別世界の人としか思えない専務と話すのはどうしても緊張して、声が裏返りそうになる。しかし専務は私の言葉には応えず、すぐ隣に立つ霜村くんに視線を移した。

「今から彼女を借りても？」

「えっ？　いや、はい、俺に許可を取ることじゃないというか……」

専務を前にするとさすがの霜村くんでも緊張するようで、しどろもどろになる。

それにしても、私を借りるってどういうこと？

「それじゃ、一緒についてきて」

「あの、どちらへ？」

一方的に話を進めて歩き出そうとする専務を慌てて呼び止める。

「古い商家をリノベーションした割烹料理の店だ。食事をしながら今後の面談をしよう。きみには期待している」

「しょ、承知しました」

研修が終わってすっかり油断していたところに〝今後の面談〟と言われて、緩んでいた気持ちを慌てて引きしめる。異動は来年の秋という話だったけれど、今から準備しておくこともあるのだろう。それか、専務じきじきに経営のイロハを教えてくれるのかもしれない。

専務の後を追いつつ霜村くんの方を振り返って手を振ると、彼は口パクで〝がんばれよ〟と言い、小さなガッツポーズをつくって送り出してくれた。

貸し会議室の入ったビルを出たのは午後六時二十分頃。空はすっかり暗くなっていて、専務が手配したのであろうタクシーがビルの前で待機している。

「先に乗って」

「いえ、専務から……！」

ドアの開いた後部座席に先に座るよう勧められ、慌てて手のひらと首を振る。

私が上座に座るなんてめっそうもない。

「いいから」

専務はそう言って私の背中に手を添えると、少し強引に車内へと促す。

上司の指示なら仕方がないか……。

言われるがまま運転席のうしろ側に座ると、専務も隣に腰を下ろした。ふわっと鼻先をかすめた、男性的なフレグランスの香りにどぎまぎする。

タクシーが動きだした直後、専務がネクタイを軽く緩める仕草をして小さく息をついた。

「疲れた……。少し、気を抜いてもいいか？」

「えっ？　はい……」

突然くだけた態度になった彼に、ぱちぱち目を瞬かせた。専務の横顔は相変わらず美しいけれど、まとっている雰囲気がどことなくさっきまでと違う。

「きみも、もっと楽に座って。会社の中でちょっと偉いというだけで、俺は別に神や仏じゃないんだ。緊張する必要はない」

「きょ、恐縮です」

専務という役職は〝ちょっと偉い〟というレベルではないしそう簡単に緊張は解けないが、言われた通りシートに軽くもたれる。専務は満足したようにうなずき、私をジッと見つめた。

「それにしても、試験の出来は見事だった。初代や先代の社長はともかく、二代目や三代目の名前まで覚えている社員はそうそういない」

「歴代の社長のお名前や会社の沿革は、入社当初から頭に入れておりました。まさか今回の試験に役立つとは思いませんでしたが……」

「ああ、きみの答案は各地の工場が完成した時期やスパーシルが上場企業になった年まですべて完璧に答えられていた。そんな細かいこと、俺だって覚えていない」

専務がおもしろがるようにクスクス笑う。いつでも隙がなさそうな彼なのに、目もとをくしゃっとさせた自然な笑顔はとても無防備だ。緊張がほんの少し和らぐ。

「仕事と勉強以外に趣味がないので、頭の中は会社のことばかりなんです」

「ああ、そうだろうな。ほかの社員に言われたら〝俺の前だからゴマをすっているな〟と勘ぐるところだが、きみに関しては本当なんだろう。食事に誘ったのは面談のためと言ったが、成績がよかったきみへのご褒美の側面もある。純粋に料理を楽しむといい」

「そうだったんですね。お心遣いをありがとうございます」

面談と聞いてかなり身構えていたので、ご褒美という言葉に肩の力が抜ける。といっても専務とふたりで食事するというシチュエーションは変わらないので、料理をちゃんと味わえるかは微妙だ。

二十分ほどタクシーに揺られ、目的の店に到着した。店の入口へ続く小道の両脇は和風庭園のようになっており、紅葉(もみじ)や南天の植栽、小さな灯籠(とうろう)がしつらえてある。暖簾(のれん)の奥、麻の葉模様が入った格子戸を開くと、廊下の奥から女将と思われる和服姿の女性が現れ、私たちを案内した。開放的なホールのカウンターやテーブル席で食事をする客たちの横を通り過ぎ、奥まった場所にある個室へと通される。

床の間に竜胆(りんどう)の花とかけ軸が飾られた和室の中央に、椅子とテーブルのセットが置かれている。柿色の照明がテーブルの上を控えめに照らす、和モダンな部屋だ。

「苦手な食材は？」

「とくにありません」

「酒は飲めるか？」

「少しなら……」

私の返答を聞き、専務は「予約した通りに」と女将に伝える。

少しして、前菜の盛り合わせとルビーのように真っ赤な色をした食前酒が、小さなグラスに入って運ばれてきた。

「綺麗な色のお酒ですね」

「柘榴(ざくろ)酒だ。美容にいいらしい」

「柘榴のお酒ですか。初めてです」

専務がグラスを持ち、目線の高さに掲げる。私も慌てて彼にならった。

「改めて、試験一位、おめでとう」

「ありがとうございます……！」

恐縮しながら、真っ赤な柘榴酒に口をつける。口あたりは爽やかで、ほどよい酸味を感じた後で上品な甘みが舌の上に広がる。

「おいしい……。柘榴色って、たしか、日本の伝統色を揃えたカラーペンのセット『麗』にも入ってますよね。私あのセットが大好きで、学生時代にノートの色分けをする時に使っていました」

柘榴酒がほんのりと体を温めてくれたおかげか、少しなめらかに口から言葉が出てくるようになった。商品にまつわる思い出を語ると、専務が意外そうに目を見開く。

「本当か？　きみは渋い趣味をしているな。あの商品はもう少し高い年齢層をターゲットにしているはずだが」

「そうかもしれません。普段着る服も持ち物も、地味な色の方が好きなので……そういえば今日のスーツも、煤竹色って感じですね」

自分の服装を見下ろし、自虐的に笑う。同じ茶系の色でも、小峰さんが着ていたような明るいトーンのものより、どうしても暗めの色を好んで身に着けてしまう。目立ちたくないという深層心理が表れているのかもしれない。

「だったら俺のスーツは滅紫といったところか」

「そうですね……茄子紺にも見えます」

「それはいい。茄子は好物だ」

専務はそう言って、前菜の皿に並んだ茄子の田楽を口に運んだ。茄子が好きだなんて庶民的な感覚が意外だな。そう思いながら、私も同じものを口にする。

味噌にのった木の芽の爽やかな香りが鼻から抜けた後、やわらかい茄子と味噌とが口の中で溶け合う。

そのおいしさに、思わず頬が緩んだ。

「私も茄子は好きです。だし汁がよく染みた煮びたしとか」

「ごま油の効いた鍋しぎとか？」

「いいですね、ししとうも入れたりなんかして。……もしかして、ご自分でお料理されるんですか？」

多忙であろう専務が自炊をするとは思えないが、鍋しぎは料理をしない人ならあまり知らない料理名ではないだろうか。

「ああ、時間のある時だけだが」

「それじゃ、奥様になる方は幸せですね」

今どきは台所に立つ男性も少なくないのだろうけれど、自分の家庭環境のせいか、どうしても料理ができる男性には感心してしまう。

専務が少し不思議そうな顔をしたので、あっと思って説明を加える。

「私の父が家事も育児もいっさいしない人だったんです。母は相当苦労したようで、私が幼い頃に父と離婚を」

「そうだったのか。でも、今ならきみが親孝行してやれるだろう？」

「親孝行できたらよかったんですけど……母は私が高校生の時に亡くなってしまって」

亡くなった原因は脳出血による突然死。過労死ラインを超えるほど長時間働いていたわけではないし、姉と私の前では明るく振る舞っていることが多かったけれど、長年たったひとりで仕事も家事も育児も担ってきた疲労とストレスが関係ないとは思えなかった。

「そうか……。こんなに立派になったきみを見られなくて、お母さんは無念だったな」

温かく寄り添ってくれる専務の言葉に、不覚にも目頭が熱くなった。母が亡くなってもう十年経つので、涙が出るのは久しぶりだ。慌ててハンカチを取り出し、眼鏡をはずして濡れた目もとにあてる。

「すみません、せっかくのお食事の最中に暗い話をしてしまって。でも、母ならきっとどこかで見てくれていると思います。今日の試験の結果も、こうして専務にお祝いしてもらっていることも」

涙を拭いて笑顔をつくると、専務も微笑んでうなずいてくれる。

「きみにがんばる原動力を与えているのはお母さんなんだな。さぞ自慢の娘だろう」

「自慢かどうかはわかりませんが、勉強して偉くなって、誰にも頼らず自分の足で立つ。それが母の望みだったので、なんとか叶えようと努力はしています」

眼鏡をかけ直し、改めて彼を見る。すると専務が微かにテーブルに身を乗り出して私をジッと見ていたので、何事かとどきりとした。

「……適任かもな」

「えっ？ あっ、経営戦略部のことですね。私になにができるかわかりませんが精いっぱいやらせていただきま――」

「違う。そっちじゃない」

そっちじゃない？

彼がなんの話をしているかわからず、頭の中が疑問符でいっぱいになる。

「ちなみに、さっきの研修で親しそうにしていた彼とはどういう関係だ？」

「親しそうって……霜村くんですか？　同期の仲間です」

「それ以上はなにも？」

「はい。あの、これってなんのお話なんですか？」

専務が私と霜村くんの関係を知って、なんの得があるというのだろう。社内恋愛が禁止という規則はなかったはずだから、とがめられているわけでもないはず。

専務の答えを待っている間に、吸い物とお造りが運ばれてくる。楽しみにしていた瀬戸内の魚介だが、今は彼の話を聞くのが先決だ。

「羽澄……真智さんといったな」

母の話を聞いてくれた時の穏やかな彼とは違う、獲物を狩るように鋭い目をした専務が私を射貫く。改まったように名前を呼ばれたのにも驚き、心臓が飛び跳ねた。

「は、はい」

「単刀直入に言う。俺と結婚してくれないか？」

予想もしなかった発言に、ぽかんと口が開く。

専務が私と結婚……？　なんの目的で？

結婚相手に選ばれる要素なんて、性別が女であることくらいしか思いあたらない。

「きみが戸惑うのも仕方ないが、無理やり俺を愛せと言ってるわけじゃない。偽装結婚の相手になってくれないかという依頼だ」

放心状態の私に専務が説明する。

「偽装、結婚……？」

小説やドラマの中だけでしか聞いたことがないフレーズに、ますます頭が混乱する。

「そうだ。知っての通り我が社は同族企業。父は早めに社長職を退いて俺を次期社長にすえる方針だが、その前に結婚の意思を見せろと言われている。時代錯誤な考えなのは承知だが、ほかの役員たちを納得させることも考えると、結婚してしまった方が手っ取り早い」

「で、でしたら専務が親しくされている女性とご結婚されるのがよいのでは？」

結婚を望む理由はわかったが、相手が私である必要性はまったくない。もっと次期社長夫人にふさわしい女性が、彼の周囲にはごまんといるだろう。

「相手がいればとっくにそうしてる。だが、あいにく俺は仕事を優先してしまう性格で、女性と付き合っても長続きしないんだ。だったらいっそ、恋愛感情抜きに良好な関係を築けそうな相手と結婚した方がいいと思わないか？」

「そう言われましても……」

「率直に言って、俺はきみを気に入っている。食事の好みも合いそうだし、仕事と勉強が趣味だと言いきるきみとなら同居しても気づまりにならないだろう。むしろお互いを高め合える、いいパートナーになれると思うんだ」

ダメ押しのように、専務が畳みかける。

食事の好みといったって、お互い茄子が好きだというくらいの認識しかないのに。それで結婚だなんて話が飛躍しすぎだ。仕事が好きだという気持ちに関しても、次期社長である専務と私とでは、質も内容もまったく違うのでは？

「あの、あまりにも突然のお話すぎて、なんとお答えすればいいのか」

「迷いもあるだろうが、できるだけ早く決断してほしい。俺は来年の四月からシンガポール支社に三年間赴任するんだが、婚約と同居だけその前に済ませて、結婚の意思があることを両親に示しておきたい。そして帰国後、社長就任とともに結婚するという流れだ」

つまり、来年四月までの半年間、婚約者として彼と生活をともにし、三年後に結婚……。流れはわかったが、実際の生活についてはなかなかイメージできない。

「生活費は全面的にこちらで持つし、今まで通りきみが仕事と勉強に集中できるような環境を提供する。最初だけ、両親に会ってもらったり会社へ報告したりする件で面倒をかけるが、それ以降は単なる同居人くらいの心持ちで気楽な関係を築ければと思っている。どうか前向きに考えてみてほしい」

専務が真剣な表情で頭を下げるので、慌ててしまう。

スパーシル創業家の御曹司かつ、次期社長という重要な役割を控えている彼にとって、偽装結婚は欠かせない条件のようだ。

「わ、わかりましたから頭を上げてください！　とりあえず、家族に相談してからお返事する形でもよろしいでしょうか？　私、姉と同居しているんです」

「もちろんだ。それじゃ、食事を済ませたら連絡先を交換しよう」

「はい……」

まだ入社五年目の平社員である私が、プライベートな用件を理由に専務と連絡先を交換するなんて……。テストの成績でトップを取ったあたりから現在に至るまで、ずっと白昼夢を見ているのではないか思うほど目まぐるしい展開だ。

家に帰ったらすぐ姉に相談しよう。姉は看護師として日々いろいろな人と接しているせいか、私よりずっと世間を知っているし、現実的な思考の持ち主。的確なアドバイスをくれるはずだ。

とりあえずこの場で決断する必要はなくなったので、偽装結婚の件はいったん頭の隅へ追いやり、手つかずだった料理にようやく箸をつけた。

和食のコースを堪能し、岡山駅に近いシティホテルに到着したのは午後九時過ぎ。専務にお礼を言ってタクシーを降りると、当然のように彼も一緒に降りたので驚いてしまった。

「お、同じホテルなんですね……」

「ああ、頼んでおいた。その方が秘書の手間も省ける」

「てっきり、格上のホテルにお泊まりになるのかとばかり」

揃ってフロントに向かいつつ、彼を見上げる。食事中に飲んだお酒の効果で少し気が大きくなっているらしく、頭に浮かんだ言葉がそのまま口から出た。

「ひと晩体を休めるだけなんだから、シャワーとベッドがあればいい。気をきかせた秘書がエグゼクティブルームを取ってくれたらしいが」

「えぐぜくてぃぶ……」

少し飲みすぎただろうか。ろれつがうまく回らない。頭もなんとなくぼんやりして瞬き（まばた）きを繰り返していると、専務がソファセットの並んだロビーへ視線を投げる。

「その辺に座って待っていろ。きみの部屋のキーももらってくる」

「きょ、恐縮です……」

食前酒の後は、飲み慣れない日本酒を小さなグラスに一杯だけ、それもちびちび口をつけていただけの私はこのありさまなのに、食事中に三杯飲んだ彼は最後まで顔色が変わらなかった。

フロントに向かう広い背中は、私と違ってしゃきっとした姿勢を保っている。

ロビーのソファを目指してゆっくり足を進めていると、ふいにすれ違った女性と肩がぶつかった。

「あ、すみません……」

すぐに謝ったものの、女性は立ち止まることなく私の前から去る。通り過ぎる時にふわりとなびいた長い髪から、バラのような甘い香りがした。

あれ？　この香り、どこかで……。

「降矢専務、お待ちしてました！」

「きみは広報部の……」

気になる会話に顔を上げると、目に飛び込んできたのはフロントの前で話す専務と小峰さん。おぼつかない思考の中で、『美男美女だなぁ』なんて思う。

せっかくなら彼女を結婚相手にすればいいのに……。一瞬そんな考えが脳裏をよぎったが、専務は自分に好意のない相手を望んでいるのだと思い出した。

手近なソファに腰を下ろし、ふたりのやり取りをなにげなく見つめる。

「実は専務にお話があって待っていたんです」

「急用か？　そうでないなら、明日の午前中にでも時間をつくる」

専務がそう尋ねると、小峰さんが深刻そうな顔でチラリと私を見やった。目が合ったので首をかしげたけれど、彼女は私を無視して専務に向き直った。

「ええ。できればすぐにお話ししたいです。例のテストのことで、専務のお耳に入れたいことがあって」

「……そうか。じゃ、ラウンジで話を聞く。先に向かっていてくれ」

小峰さんにそう言うと、専務がこちらに向かってくる。

そうだ、部屋のキーを受け取らなきゃ……。重い腰を上げ、彼に歩み寄る。

「すみません、お手数おかけしました」

「部屋まで送らなくて大丈夫か？」

「大丈夫ですよ。頭はしっかりしてますので」

「怪しいな。また眼鏡がずれているぞ」

ふっと苦笑した彼が、テストの結果発表の時と同じように私の眼鏡のつるを掴み、正しい位置まで引き上げる。二度目ながらドキッとして、一瞬にして酔いが覚めた。

……この人は突然接近するから心臓に悪い。

「し、失礼しました。それでは私はこれで……」

「ああ。おやすみ」

気恥ずかしくて専務の前から逃げるように離れる途中、ふと視線を感じて辺りをキョロキョロする。すると、エレベーターホールへと続く通路の方からこちらをジッと見ている小峰さんと目が合った。というか、もしかして睨んでる？

不穏なオーラをまとった彼女を見つめ返したら、彼女はぷいと顔を背けて通路の角を曲がり、姿が見えなくなる。

テストのこと、やっぱりまだ納得していないのだろうか。それとも私が言い返してしまったから、変なふうに刺激してしまったのかな。

友達は少ない方だしひとりでいるのが苦痛なわけでもないが、身近な人からあからさまに敵意を持たれた状態はさすがに落ち着かない。

時間が解決してくれるといいけれど……。

微かにお酒の匂いが残るため息を吐き出し、私はとぼとぼと部屋へ向かった。

嘘をつくのも難しい

土曜日の夕方、研修旅行を終えて都内の自宅に帰宅した。

姉と同居している小ぢんまりしたアパートは2LDK。休日だった姉に倉敷土産のきびだんごを渡し、「一緒に食べよう」と緑茶を淹れた。

姉とは昔からけんかひとつせず、母が亡くなってからはより協力し合って仲よく暮らしてきた。でも、もし専務と結婚するなら、姉との同居もおしまいなんだよね……。

ダイニングテーブルを挟んで向き合った姉が「いただきまーす」とうれしそうにきびだんごの包みを開ける姿を見ていると、なんだか寂しくなってくる。

「お姉ちゃん、折り入って相談なんだけど」

「んー？　どうしたのよ改まって」

姉が口をもぐもぐさせながら、きょとんと目を丸くする。

「会社の上司にさ……偽装結婚を提案されたんだけど、どうしたらいいかな？」

「えっ？　ちょっとなにそれ。偽装結婚？　上司って誰？」

思いきり顔をしかめた姉から矢継ぎ早に質問が飛んでくる。想定の範囲内だ。当事者の私だっていまだに〝ちょっとなにそれ〟という思いが拭えていないのだから。

「うちの会社の専務……。降矢龍一さんっていうんだけど、創業家の血筋で、現社長のひとり息子なの。将来的には次期社長になることが決まってる」

「そんなすごい人が、どうして真智と偽装結婚なんてするのよ。親のコネとかで、お金持ちのお嬢さんと政略結婚するならまだわかるけど」

姉の指摘はもっともだが、私に聞かれても困ってしまう。とりあえず、研修でのテストの結果が評価されたことや、彼が現在置かれている状況をありのまま伝えた。

「恋愛より仕事を優先する人だから、自分に好意がない女性の方がいいらしいの。半年後には単身でシンガポールに渡って、三年間帰ってこないみたい。だから、お母さんの件もあって自立心が強い私なら、偽装結婚の相手に適任だと思ったみたい」

「なるほどねぇ……。御曹司も大変なんだ」

「うん。結構、切実に困ってるみたいだった。そうじゃなきゃ私みたいなのを選んだりしないよ」

専務が見た目も生きざまも地味な私を選んだのは、半年後に海外赴任が迫り追いつめられた末の苦渋の決断に違いない。迷っている時間もなく、たまたまテストの成績がよかった私が目に留まったという感じなんだろう。

「断ったら、出世に響いたりしてね」

「えっ？　それは考えてなかったな。けど、ありえなくもないか……」

専務がそんな公私混同をするとは思えないが、彼にとって結婚も〝公〟のうちに入るのだとしたら、断った私は業務命令に背いた社員ということになる？

「ところで、一番重要な真智の気持ちはどうなのよ。生理的に受けつけない相手なら、たとえ偽装結婚でも嫌でしょう？」

「それは……大丈夫だと思う。むしろ尊敬している相手だし」

言葉を交わすだけで緊張はするけれど、専務は威圧的なわけでもなく、むしろ友好的な態度だ。男性に免疫のない私が勝手にどぎまぎしているだけで。

「だったら、偽装結婚もアリだと私は思うな。お母さんが理想としていたような、対等な夫婦関係を築けそうだもの」

姉の意外なアドバイスに、目を瞬かせる。

たしかに生前の母は結婚するなとは言わなかったが、男の人に依存せずに生きろというのが口癖だった。つまり、偽装結婚という夫婦の形はむしろ好都合？

少なくとも、周りが見えなくなるほどの熱烈な恋をして結婚に至るよりは、母の賛同を得られるような気がする。

「たしかにそうだね。少しは前向きに考えてみようかな。ただ……」

偽装結婚を受け入れるとすると、どうしても引っかかる点がある。

「専務って、身長は一八〇センチ超えだし顔も俳優顔負けに整ってるし、とにかく私が隣に並んでいい容姿じゃないんだよね。偽装結婚なのはもちろん極秘だろうから、社内中の女性たちからの反感を買ってしまいそう……」

社内中は言いすぎにしても、小峰さんからは間違いなく反感を買う。部署は違うし直接文句を言われはしないと思うけれど……。

「えー？　真智の場合は自分の魅力を磨くのサボってるだけでしょ。メイクや服のセンスだって勉強と同じで研究すればするだけ自分のものになるんだから、この際華やかに変身して、周りを驚かせちゃえばいいじゃん」

よく似た顔立ちにもかかわらず、私よりずっとあか抜けていて美人に見える姉が言うと説得力がある。が、私は私。このままひっそりと地味なままでいたい。

「華やかになんてなりたくない……評価は仕事でされたい」

「相変わらず引っ込み思案なんだから。まぁ、そこまで素敵な専務さんなら、真智のプロデュースも彼がしてくれるかもね」

姉はすっかり他人事だが、基本的には私たちの偽装結婚に賛成なようだ。すでに結論は出たかのように気楽な調子で言うと、ふたつめのきび団子の包みを開けて頬張っている。

結局決断しなきゃいけないのは自分だもんね……。

ぬるくなった緑茶をずっとすすり、冷静に考えてみる。

専務のご両親への挨拶や同僚たちの反応など不安な部分も多いが、結婚生活自体は同居人程度の感覚で気楽にしていいと専務は言っていた。そして彼も私も、仕事が第一優先。経済的な格差はともかく、そのあたりの価値観に大きなズレはなさそうだ。

彼がシンガポールへ渡り、その半年後には私も経営戦略部へと異動になる。一緒にいられる間に次期社長となる彼のそばでいろいろ学ばせてもらい、未来の自分への糧とするのも、充実した日々かもしれない。自分を成長させるための選択なら、天国の母もきっと反対しない。

容姿のことは……専務本人の意見を聞いてみてから考えよう。

「……受けようかな、偽装結婚の話」

両手で緑茶の湯飲みを包み込み呟いた。正面の姉は笑みを深めてうなずく。

「いいと思う。私もそうだけど、仕事優先の毎日を送っていると、真剣に恋愛して結婚してっていう、一見誰にでもできそうなことがいかに難しいかわかるじゃない？

そんな中で専務さんのような相手が好条件で結婚を申し込んでくれたんだもの、偽装とはいえ、こんなチャンス逃したらもったいないよ」

私と同じく仕事ひと筋で男性経験のない姉の言葉には、実感がこもっている。

背中を押してもらえた気分だ。

「そうだよね。……さっそく連絡してみようかな。あまり待たせるのも悪いし」

決心が鈍らないうちにと、テーブルに置いていたスマホを手に取る。電話の内容を姉に聞かれるのも気まずいので、自分の部屋へ行こうと立ち上がった。

「あ、ちょっと待って」

「なに？」

姉に呼び止められ、首をかしげる。今までのんきな調子だった姉が、神妙な顔で口を開いた。

「真智なら大丈夫だと思うけど、くれぐれも専務さんにのめり込みすぎないようにね。もしも本気になっちゃったら、お母さんとはまた別の苦労をしちゃいそうだもの。適度に距離を保った関係がいいよ」

母の苦労をそばで見てきた私たち姉妹は、特定の男性に激しい恋愛感情を抱くことに漠然とした恐れを抱いている。理性的で正常な判断がくだせなくなり、人生を間違った方向へと進んでしまいそうな気がするからだ。

姉もそれを心配してくれているんだろうけれど、だからこその偽装結婚だ。周りが見えなくなるほどの情熱が生まれることはないだろう。

「うん、わかってる」

「それならいいの。専務さんに、私がよろしく言ってたって伝えて」

姉の言葉にうなずくと、自分の部屋へ移動した。

六畳の洋室はシンプルな白系の色味で統一してあり、目立つ家具はベッドと机、本棚、パソコンくらい。机の上には私のコレクションである文具が並んでおり、それらを眺めながら勉強するのがお気に入りの過ごし方だ。

机に近づいた私は、ペン立ての中からなにげなく一本のシャープペンシルを手に取る。芯を入れる軸には液体の入った薄い層があり、細かいラメや星形のチャームが浮いている。ペンを上下させるとキラキラと中身が舞う仕組みだ。

これはスパーシルの過去の商品、【夢望(ゆめみ)】。ラメや星のきらめきが流れ星を連想させるので、受験を控えた小中高生の間で人気が出たのを皮切りに、あっという間に爆発的なブームを引き起こした。

その頃、私は母を亡くしたばかりで悲しみの中にいたけれど、大型書店の文具コーナーでたまたまこのペンを見つけて、そのきらめきにひと目ぼれ。夢望という商品名も、母の願いを叶えたいと思っている私の心にジンと響いて、十色以上展開されていたカラーの中から綺麗なアクアブルーの一本を、すぐに購入した。

大学受験を控えていたために深夜まで勉強を続けていた日々の中、ふとした瞬間にペンの中のキラキラが目に入るだけで、もっとがんばろうと勇気をもらっていた。

しかし、まだ幼い小学生の保護者や教師の間では、ペンのせいで勉強に集中できないなど苦情もあったらしく、夢望は数年で製造中止に追い込まれてしまう。

個人的にはとても悲しかったのだけれど、消費者の意見を真摯に受け止めて今後の文具開発に生かすとしたスパーシルの姿勢にはとても好感を持ち、就職先にと考えるきっかけになった。

入社後、幸いにも希望していた開発部署に配属されたので、夢望を開発したのは誰なのか調べてみたのだけれど、どこを探してもデータがない。

上司に尋ねたところ、インターンシップ中だった学生のアイディアを採用したものだったらしく、その学生の名は人事部や上層部のひと握りしか知らないそうだ。

いつかお礼を言いたいと思っていたけれど、インターンに参加したからといって、現在も会社に勤めているとは限らない。名前を伏せられているということは、そうでない可能性の方が高いだろう。

だから今の私にできることは、会社のために仕事をがんばるだけ。次期社長となる専務との偽装結婚も、その一部だと思って一生懸命努めよう……。

改めて覚悟を決めると、夢望を静かにペン立てに戻す。

それからベッドに腰を下ろし、スマホを手にした。電話帳から【降矢専務】の名を探し、一度深呼吸をしてから彼に電話をかける。

『もしもし』

「あっ、お忙しいところすみません。ステーショナリー開発部の羽澄ですが、今お時間よろしいでしょうか？」

ガチガチになりながら挨拶をすると、電話口から微かな笑い声が聞こえた。

『そんなに丁寧に名乗らなくても、きみの番号は登録しているんだからわかってる。時間なら大丈夫だが、偽装結婚の件か？』

単刀直入に尋ねられ、ドクッと鼓動が跳ねる。

結論は出ているものの、本人に改めて伝えるのはとてつもない緊張を伴う。

「はい。あの、私でよろしければ、謹んでお受けしたいと思っております……！」

専務には見えないとわかっているが、思わず深々と頭を下げる。

しばしの沈黙の後、彼がホッとしたように息をついた。

『そうか、ありがとう。特殊な結婚だが、お姉さんには反対されなかったのか？』

「はい。姉も私と同じような考え方をする人なので、対等な夫婦関係が築けるのならある意味、偽装結婚は理想の形かもという感じで……」

『なるほど、きみたちは似た者姉妹なんだな。お姉さんも努力家で素敵な方なんだろう。今度挨拶をさせてくれ』

たしかに立派な看護師の姉は私の自慢だが、『お姉さんも』と言われると私まで〝努力家で素敵〟と表現されたようでくすぐったい。

「恐縮です。姉も、専務によろしくお願いしますと申しておりました」

『こちらこそと伝えてくれ。しかしその〝専務〟という呼び方、今後はやめてくれないか？　他人行儀なままでは、周囲の人間を欺けない』

「では、なんとお呼びすれば……？」

『親しげな雰囲気が演出できればなんだっていい。龍一でも、龍一さんでも』

彼はさりげない調子で言うが、今まで役職名で呼んでいた相手をいきなり下の名前で呼ぶなんて、私にはかなりハードルの高い要求だ。とはいえ偽装結婚を受け入れるからにはそれもお役目のひとつ。やると決めたからには後に引けない。

「りゅ、龍一さん……？」

『それでいい。俺もこれからは、きみを真智と呼ぶ』

龍一さんの低い声に〝真智〟と呼ばれるのは、独特の気恥ずかしさがあった。逆に龍一さんの方には照れもためらいもないので、仕事優先の人生を送ってきたとはいえ、それなりの女性経験はあるのだろう。

「あの、今後私は婚約者としてどう振る舞ったらいいのでしょう？」

『そうしたことを密に相談するためにも、早めに生活をともにしたい。来週末にでも俺の住んでるマンションに引っ越してこられるか？　業者はこちらで手配する』

ら、来週末……？

あまりのスピード展開に目が回りそうだが、彼にはあまり時間がないのだ。腹をくくるしかない。

「わかりました。姉に話して準備を進めます。せん……龍一さんのお住まいはどちらなんですか？」

そう尋ねると、彼は声を押し殺すようにくつくつと笑った。専務と言いかけて慌てて訂正したのがバレてしまったようだ。

『日本橋。駅も会社もすぐそばだから、不便はないはずだ。買い物や家事の代行サービスも利用できるから、仕事にも集中できるだろう』

「そんな贅沢なサービスが……。でも、家事くらい自分でやります」

病気の時などは利用を考えるかもしれないが、基本的に自分の身の回りのことは自分でするのが母の教えだし、今までもそうしてきた。

『きみが苦でないのなら、好きにするといい。ほかに質問はあるか?』

「いえ、あとは引っ越してからで大丈夫です」

聞きたいことなら山ほどあるが、一週間後に引っ越しをするなら、わざわざ電話で話す必要はない。

『そうか。あと俺から話しておくべきことは……』

思案する彼が言葉を継ぐのを待っていると、龍一さんが「ああ、そうだ」と思い出したように言った。

『夫婦生活はとりあえず必要ないと思っているが、きみはどうだ?』

「えっ?」

龍一さんがあまりに淡々としているので理解するのが一瞬遅れたが、もしかして夜の営みのことだろうか。同居人感覚でいいという話だったから、体の関係を持つ可能性なんて考えもしなかった。たとえ偽装でも結婚するなら、そういう交わりを持つかもしれないということ……？

「わ、私も同じ考えですが……〝とりあえず〟というのはどういう意味でしょう？」

『半年後にシンガポール行きが決まっている今は大丈夫だと思うが、そのうち〝後継ぎはまだか〟というようなプレッシャーが、きみにのしかかってしまうかもしれないと思ってね。そういった外野の声に黙って耐えるか、好きでもない夫に抱かれるか、きみはどちらがいい？』

後継者問題があったのは盲点だった。偽装結婚とはいえ、子づくりだけは行動を起こさなければ結果が伴わない。ということは、いずれ龍一さんと裸で同じベッドに？

経験値がなさすぎるせいで、想像しただけで『きゃぁ！』と絶叫しそうになる。

「……少し、考える時間をいただいてもいいですか？　あの、私……そういった経験がまったくないので」

消え入りそうな声で白状する。恥ずかしくて全身から汗が噴き出した。

龍一さんの立場を思えば子づくり問題にはいつかきちんと向き合わなければいけないだろうけれど、結婚を決めたばかりの今、簡単に答えは出せない。

『そうだったのか。酷なことを聞いてすまない。きみの意見を尊重するから、ゆっくり考えてくれ。無理に応じようとしなくてかまわない』

龍一さんの優しさはありがたいが、単なる偽装結婚の相手に気を使わせて申し訳なさすぎる……。

「あの、龍一さん」

『ん？』

彼と話せば話すほど、しっかり決めたはずだった自分の選択に自信が持てなくなりつつあった。彼を下の名前で呼ぶだけで照れ、夫婦生活の話にいちいちどぎまぎする処女の私が、会社の次期社長となる彼にふさわしいのかと。

「本当に、私でいいんですか？」

電話の向こうがしんと静まり返る。

龍一さんは私に男性経験がないのを知らなかったわけだし、やっぱり偽装結婚は取りやめと言われても異存はない。後から後悔されるより、今のうちに見限られた方がわだかまりも残らずに済む。

『今さらだな』

「えっ？」

『俺はもう、きみを妻にすると決めた。ほかの女性に興味はない』

「どうして……」

世の中には私よりも美人でスタイルがよく、才能や知性にあふれた女性がたくさんいるというのに……。

『しいて言うなら、次期経営者としての勘かな。きみといることは自分にとってプラスに働くんじゃないかと、この間の食事の時に直感で思った。自慢じゃないが、こういった勘にはわりと自信があるんだ』

勘……そんな不確かなひらめきだけでほかの女性に興味がないとまで言えてしまうとは、よほど自分に自信があるのだろう。私は逆に石橋を叩いて渡るタイプなので、龍一さんのカリスマ性がまぶしく感じられる。それと同時に、自分と真逆の彼のそばにいることはきっと自分の成長につながる、そんな可能性を信じてみたくなった。

「わかりました。ご期待に添えるかどうかわかりませんが、精いっぱい努めます」

『そう力む必要はない。真智らしく、今まで通りがんばってくれ』

真智。彼にそう呼ばれるのはまだ慣れないが、不思議と勇気づけられた。

龍一さんとなら、必要以上に寄りかからず互いを高め合える夫婦になれるかもしれない。たとえ、偽装結婚という形でも。

週が明けるといつもの日常が戻ってきたが、自宅では少しずつ引っ越しの準備を進めた。

龍一さんの手配した引っ越し業者の段ボールに必要な荷物を詰め、いらないものは姉に譲ったり、処分したり。ベッドや机などの大型家具はとりあえずそのまま置かせてもらうことにしたので、『いつでも出戻ってこられるね』と姉が冗談を言っていた。

これまで姉妹で折半していた家賃を今後は姉ひとりで負担することになってしまうため、私の家具なんて処分してもう少し小さな部屋に引っ越したらと提案してみたが、姉は意外とこの家を気に入っているらしい。

『ここ、古いアパートで駅からも遠いから、もともと相場よりかなり安い家賃じゃない？ 引っ越す手間とかいろいろ考えたら住み続ける方が楽だし、私だって結構稼いでいるんだから大丈夫よ』

姉がそう言って笑っていたので、お言葉に甘えて家具を残してもらうことにした。

ほとんどの物を段ボールに詰め、すっきりした部屋で朝を迎えた金曜日。

私は出勤してすぐ、上司の石狩さんとともに郊外にあるスパーシルのボールペン工場へと向かった。開発中の新製品の情報を共有するためだ。

生産ラインに直接入るわけではなく、工場とは離れた事務棟の会議室に通される。

上司の石狩課長と私は、現場責任者の男性ひとりとテーブルを挟んで向き合った。

「このクリップの形がよくないのか、テストではちょっと破損しやすかったんで、歩留まりがよくないです」

工場で昨日行われた試作の結果を、現場責任者の男性が説明する。示された資料を見ると、たしかに生産数に対して不良品の数が多かった。ちなみに指摘されたボールペンのクリップや軸は、百パーセントリサイクルできるステンレス製。こちらも、環境に配慮した筆記具のひとつとして売り出す予定だ。

「とすると、もう少し厚みを持たせた方が？」

責任者の男性にそう尋ねたのは課長だ。私の能力を買ってくれているらしく、こうした場によく同行させてくれる。

彼は文具に並々ならぬこだわりを持っており、開発部として譲れない部分に口を出されると、現場を納得させるまで長話が続いてしまうのが常だ。

「それか、この細い部分をなくすかですね」

ボールペンのクリップ部をなでながら、現場責任者が呟く。石狩課長の目の色が変わった。

「いえ、この形は譲れません。ワイシャツのポケットに差した時の見栄えを計算し尽くしているんです。見てください、この弓矢のような鋭いフォルムを。文具でありながらファッションの一部としても機能する。それがこの商品の売りなんです。調整するのは形でなく、厚みでお願いしたい」

「そ、そうですか……わかりました」

たじたじになる責任者の男性に、「お手数ですがお願いします」と笑顔でフォローを入れる。ここで意見がぶつかると、収拾するまでに時間がかかるので今回は穏便に済みそうでホッとした。

その後、試作品のインクの出や書き味などをチェックして最終的な調整箇所をまとめると、私たちは工場を出た。

石狩課長の運転する社用車で、日本橋の本社まで戻る。

「午後のミーティングでクリップの厚みについて要報告ですね。それと、インク補充タイプのラインナップ拡大についても時間が許す限りつめられたら——」

「そんなにストイックに仕事のことばかり考えていていいのか？　週末、降矢のところに引っ越しなんだろう？」

「えっ？　なぜそれを……!?」

まさか課長の口から龍一さんの名が飛び出すとは思わず、ハンドルを握る石狩課長を凝視する。課長は前を見すえたまま、ふっと苦笑する。

「そんなに驚かなくてもいいだろう。降矢とは大学の先輩後輩だから、本人から直接聞いたんだ。アイツと結婚するんだって?」

「大学、同じだったんですね。結婚というか、その……まだ準備段階ではあるんですけど」

しどろもどろになりながらも、なんとか答える。

こうして身近な人から結婚について聞かれたのは初めてだったので、シミュレーション不足を痛感する。

とにかく、口が裂けても偽装結婚だとは言うわけにはいかない。

「学生時代から女に対して淡白なやつだったから、いったいどんな相手と結婚するかと思いきや。まさか俺の部下だとはな」

課長の言う学生時代の龍一さん像は、本人の自己申告と一致している。嘘をつかれているわけではないとわかって、なんとなくホッとする。

「お、驚きましたよね」

「ああ。しかし、悪い意味じゃない。降矢にも『なかなか見る目があるな』と言っておいた」

「恐縮です……私自身がまだ、夢見心地ですが」

自分のキャラクターではどんなセリフを返すのが適当か、脳の今までに使ったことのない部分をフル回転させた結果、そんな言葉が口から出た。堂々と龍一さんの婚約者を演じるよりは、身にあまる幸福を受け止めきれていないといった雰囲気を装うのがベターだろう。

「大げさだな。今までもさんざん恋人として大切にされてきたんだろう？　二年も極秘で付き合っていたと聞いたぞ」

なんですって……？

初めて聞く情報に、内心冷や汗をかく。そういうストーリーがあるなら事前に共有してくださいと、ここにはいない龍一さんに心の中で激しく訴えた。

「そ、その秘密のお付き合いに慣れていたので、彼との関係を公にできることが夢みたいと言いますか」

「ああ、なるほどな。芸能人のようにコソコソ付き合うのは苦労も多かっただろう。せいぜい幸せになれよ」

「ありがとうございます」

よかった、うまく切り抜けた……。

課長からわずかに顔を背け、安堵の息をつく。

それにしても、後で龍一さんに電話をして、彼が勝手に創作している私たちの歴史について、詳しく聞かなくては。


その夜、眠る前に龍一さんへ連絡をした。悪びれもせずそう答えた彼に思わず脱力し、自室のベッドにどすんと腰掛けた。

『交際歴は二年。次期社長という自分の立場に加えて真智が奥ゆかしい性格のため、周囲には公言してこなかったと、石狩さんには伝えた』

「できれば事前に知っておきたかったです……」

『悪かったよ。しかし、俺も慌てて考えたんだ。この先同じようなことで焦らないためにもいろいろ決めておくか？　付き合い始めた記念日やプロポーズをした場所について』

「そうですね……でも、まったく思い浮かびません。付き合うきっかけもなにも、今まで龍一さんとは接点がひとつもなかったんですから」

『たしかにな。社内ですれ違った時に俺がひと目惚れして、猛アプローチしたというのはどうだ？』

「ありえませんよ、私の顔にひと目惚れなんて」

彼の作り話には説得力がまるでなく、ため息しか出ない。だからといって、地味で引っ込み思案な私からアプローチしたという物語も現実味に欠ける。

大勢を納得させる嘘をつくのって、結構難しいんだな。

『そうか？　きみは自然体であまり飾り気がないせいか、もともと整っている顔立ち、美しい肌や髪の艶も際立っている。テスト中に見せた真剣な眼差し(まなざし)には人を惹きつけるものがあったし、客観的に見て十分に魅力を兼ね備えた女性だと俺は考えているが』

そんなに容姿を褒めちぎられるのは初めてで、息が止まるかと思った。

細かい設定を考えるのが面倒になって適当なことを言っている？　それとも偽装結婚に同意したお礼のリップサービス？

あれこれ理由をこじつけてみるが、高鳴る心臓はなかなかおとなしくならない。

「そ……っ、そんなこと、初めて言われました」

『きみが勉強や仕事に熱心すぎるから、誰も付け入る隙がなかったんじゃないのか？』

「いやいや、単に敬遠されていただけかと」

『どちらにしろ、ひと目惚れ以外に妙案がないのも事実だ。俺がうまく周知させておくから、きみもなにか聞かれたら〝専務の方から言い寄ってきた〟と答えればいい』

またしても、とんでもない提案をする龍一さん。私がそんなことを言ったら、妄想、または幻覚・幻聴にとらわれている痛い女だと白い目で見られるだけだ。

「その言い分では誰も納得しないですよ」

『どうしてだ』

「どうしてって……」

私と龍一さんとでは、住む世界が違う。それが、社員共通の認識に違いないからだ。

『なにを不安がっているのか知らないが、論より証拠。仲睦まじい俺たちの姿を実際に目にすれば、周囲も納得せざるをえないだろう。今後はそのつもりで振る舞うからきみも合わせてくれ。くれぐれも、偽装結婚だと気取られないように』

「は、はい」

そうだ。私だけ卑屈になってオドオドしていても、迷惑を被るのは龍一さんなのだ。ひと目惚れというのがどんなに不自然な言い分でも、無理やり押し通すしかない。すぐに心がグラついてしまう自分を叱咤して、覚悟を新たにした。

『それじゃ、明日は午後一時に伺うよ。お姉さんによろしく伝えてくれ』

明日龍一さんは引っ越し業者より早めに家へ来て、姉にひと言挨拶してくれるそう。

会社の人たちとは違い姉は偽装結婚の事情を知っているので、取り繕う必要がないだけ気が楽だ。

「わかりました、よろしくお願いします」

電話を切ると、ベッドの上で大の字になる。

自分の人生にこんな転機が訪れるなんて思ってもみなかったから、不安と高揚感がごちゃまぜだ。

ゆっくり深呼吸をして目を閉じても、なかなか眠気は訪れなかった。

「このたびは、妹さんとの婚約を認めてくださり、ありがとうございます」

「と、とんでもない。こちらこそ、妹を気に入ってくださってありがとうございます。真智をよろしくお願いします」

土曜日の午後、予定通りに龍一さんが私と姉の自宅を訪れた。彼を玄関に迎え入れてすぐ、姉は私の耳もとで「あんなにカッコいいなんて聞いてない……！」と興奮気味だったが、ダイニングセットで向き合っている今も頬を赤らめてオドオドしている。

「お姉さんは看護師をされているとか。姉妹揃って勤勉なんですね」

「いえ、そんな……私も真智も、仕事以外に興味がないものですから」

「私も同じなのでわかりますよ。今の自分では、普通の結婚をしたところで家庭と仕事が両立できないのは目に見えている。だからこそ、真智さんに打診させていただいたんです。仕事熱心な彼女となら、一般的な夫婦愛とは別の信頼関係が築けると思っています」

姉の前だから耳触りのいい言葉を選んでいるのかもしれないが、龍一さんの言うような信頼関係で結ばれた夫婦になれたら、本当に理想だ。気まぐれに熱したり冷めたりする愛情なんて、不確かすぎて信じられないもの。

「素敵な考え方ですね。私たち、父親がろくでもない人だったので、あまり男性を信用していなくて……でも龍一さんのような方になら、安心して真智を預けられます。たぶん、母も同じ気持ちです」

そう言って、姉がチラリと仏壇の隣に置かれた母の写真を見やる。龍一さんも同じように視線を動かして、穏やかな目で母の写真を見つめた。

「それは光栄です。お母さんにお線香をあげてもよろしいですか？」

「もちろんです。ありがとうございます」

香炉に線香を立てて両手を合わせる龍一さんの真剣な横顔に、偽装結婚の相手にここまでしてくれるんだなと少し驚いた。姉への挨拶はともかく、故人である母にまで誠意をもって接してくれるなんて……。私も龍一さんのために、しっかりお役目を果たさなくては。

しばらくすると引っ越し業者がやって来て、私の少ない荷物をあっという間にトラックに積んでしまう。作業に立会うのが終わると、姉に別れの挨拶をして、龍一さんの車が停めてあるという近所のパーキングへ向かった。

彼がロックを解除すると、シックな黒いセダンのライトが一瞬光る。龍一さんに促されて助手席に座った瞬間、芳香剤か彼のフレグランスか、ほのかに甘い香りがして鼓動が跳ねた。

先日石狩課長と出かけた時だって、男性とふたりきりで車に乗るというシチュエーションは同じ。しかし、あれは仕事だからドキドキしないで済んでいたのだと、今さらのように気がついた。

緊張しながらただ前を見ていると、骨ばった手をシフトレバーにかけた龍一さんがこちらを一瞥する。

「きみは行儀がいいな」

「えっ……？」

ビクッと肩を跳ねさせて、龍一さんを見る。

ただじっとしていただけなので、行儀がいいも悪いもないと思うのだけれど。

「今まで助手席に乗せたのは、乗った瞬間から品定めするかのようにあちこち観察する女性ばかりでね……毎回辟易していたんだ」

「観察……車がお好きな女性だったんですかね？」

首をかしげつつ口にする。その直後、龍一さんが思わずといった感じにふっと笑った。おかしなことを言ったつもりはないので、きょとんとして目を瞬かせる。

「そうか、そう思えば許せたかもしれないな」

「ということは、そうではなかった……？」

「ああ。車種、グレード、ダッシュボードの中身、ほかの女性の気配。そういうことをまるで警察犬のごとく嗅ぎ回られて、ドライブを楽しむ気も失せたよ」

苦笑いしながら、龍一さんがパーキングから車を出す。話を聞く限り、彼はやはり女性経験が豊富なようだ。しかしだからといって、いい思い出ばかりじゃないみたい。

「今まで、真剣に好きになった女性はいないんですか？」

「いない。……と、即答できるのが虚しいが、本当のことだ。俺の前には常に『スパーシル創業家の御曹司』という肩書きがついて回る。その肩書きを愛して寄ってきたくせに、俺が勉強や仕事にかまけていると文句を言う女性たちには、心底うんざりしてる」

そう話す龍一さんの口角は上がっているが、目は笑っていない。彼が偽装結婚を望んだ理由には、そうした苦い経験も関係していたようだ。

「じゃあ私たち、似た者同士だったんですね」

無意識に、そんな言葉がこぼれていた。龍一さんが微かに首をかしげる。

「似てる？　どこがだ？」

もちろん、龍一さんと私とでは立場がまったく違うし、経験値の差も大きい。

だけど、ひとつだけ。私と彼に共通点を見つけた。

「本気の恋を知らないところです。自分は仕事が一番だから別にそれでいいんだって言い聞かせてきましたが、心のどこかでコンプレックスだったんでしょうね。夫になる龍一さんも同じだと知って、ちょっと安心しました」

ふふっと笑って、龍一さんの横顔を見つめる。しかし彼はクスリともせず前方を見つめたままなので、今さらながら失礼な発言だったかもと気づいて慌てる。

「あっ、あの、すみません。ぶしつけでしたよね、あの、本気で似てると思ってるわけじゃなくて、その……」

「たしかにその通りだ」

私の弁解にかぶせるようにして、龍一さんが呟いた。先ほどは笑っていなかった目が、やわらかく弧を描いている。

「仕事に集中したいと言えば聞こえはいいが、俺には単に恋愛の才能がないだけだったのかもな」

投げやりな言葉が龍一さんらしくない。けれど、彼でもそんなふうに悩んだりするんだと、親近感を覚える。

「才能……なんですかね？　だとしたら、私にもまったく備わってないですけど」

「とんだ冷血夫婦だな」

「そう考えると、偽装結婚という形は私たちにぴったりだったのかもしれませんね」

「ああ、違いない」

愛はなくても、龍一さんとこうして笑い合うのは不思議と心地いい。この分なら、同居生活もすんなり始められるだろうか。

「……きみとのドライブは悪くないな」

「えっ？」

どういう意味だろう。聞き返すように見つめた運転席の彼は、静かに首を左右に振った。

「なんでもない。冷血人間の独り言だ」

龍一さんは自虐的にそう言ったけれど、冷血人間というわりに機嫌がよさそうな横顔だ。彼を見ていたら私もなんとなくうれしくなって、車窓の景色を眺めながら新居のマンションへの期待を膨らませた。

「ここだ。とりあえず地下駐車場に車を停める」

到着したのは、大きな交差点に面したタワーマンションだった。高さがありすぎて、車の窓からでは最上階が見えない。圧倒されているうちに、車は地下へ続くスロープをなめらかに下っていく。

「何階建てなんですか?」

「地上五十五階、地下三階。下の方は商業施設が入っていて便利だし、地下通路は駅につながってるから、雨でも濡れることなく駅にたどり着ける」

「……プラス、家事や買い物の代行サービスもあると」

「ああ、便利だろう?」

たしかに便利だけれど、あまりになんでも揃いすぎていて気後れする。

龍一さんの妻になるなら〝それが当然〟みたいな顔でオホホと笑っているくらいの方がいいのかな……。

「またなにかおもしろいことを考えているんだろう」

気づいたら、車はすでに駐車場の枠内に停まっていた。エンジンを切って静かになった車内で、龍一さんがいたずらな目をして私の顔を覗く。

今までで一番近い距離に彼の顔があって、勝手に頬が熱くなる。

「いえ別に……」

成金マダムになって高笑いしている自分を妄想していましたなんて、くだらなすぎて言えない。龍一さんは探るような目で私をしばらく見ていたけれど、やがて聞き出すのはあきらめたのかシートベルトをはずした。

「まぁいい。案内するから車を降りて」

彼の先導でエレベーターに乗り、地下三階の駐車場から地上四階のエントランスへ上がる。地下フロアはすべて駐車場で、地上一階から三階までが先ほど彼の言っていた商業施設になっているそうだ。

エレベーターのドアが開くと、天井の高い開放的な空間が広がっていた。

床の大理石は磨き抜かれたようにつるりとしていて、頭上には巨大なハチの巣を思わせる照明がぶら下がっている。点在するソファセットの中央には立体的なガラスのオブジェが配され、ちょっとした美術館のようだ。

優雅な空間にただただ言葉を失っていると、スマホを耳にあてていた龍一さんがこちらを振り返った。

「業者もすでに搬入用のエレベーターで待機しているそうだ。部屋へ急ごう」

「は、はいっ。ええと、何階でしたっけ？」

目にするものすべてが新鮮でついぼうっとしてしまったが、慌てて彼の背中を追いかける。

「五十五。最上階だ」

「さっ、最上階？」

タワーマンションの住戸は、借りるにしろ購入するにしろ、上階に行くほど価格も上がるのだと聞く。興味本位で情報誌を眺めたことがあるが、この辺りの都心だと販売価格は億を超えるのでは……。

軽く想像しただけで目眩がした。

「隣人に気を使う生活は性に合わなくてワンフロア一世帯の物件を希望したら、たまたま最上階しかなかったんだ」

「はぁ……そうなんですね」

龍一さんは終始気楽な調子で話しているので、彼にとってはなんてことのない買い物なのだろう。私も豪華な設備にいちいち取り乱さないようにならなければ。

そう思いながら、エレベーターホールにたどり着く。通路の両脇にいくつもの扉が並んでおり、どれに乗ったらいいのか私にはまったく判断がつかない中、彼は一番奥の一基のボタンを押した。

「ここが最上階専用のエレベーター。ほかの住人とは一緒にならないから安全だ」

「専用のエレベーターまであるんですか……」

格の違いに圧倒されて思わず目を白黒させる。さすがにこれで取り乱すなという方が無理な話だ。

想像以上にすぐやって来たエレベーターに乗り込むと、静かな箱の中で思わず呟く。

「私、こんなものに乗れるほど今までの人生で徳を積んでいませんが、いいんでしょうか？」

「いいんじゃないか？ というか、これから徳を積むどころか偽装結婚で周囲を欺くという悪行を働くんだ。気にしていたらきりがないぞ」

「うっ……。そう、ですよね」

彼の指摘にチクチクと良心が痛み、思わず両手で胸を押さえた。

「信心深いんだな。そんなに気になるなら、毎日トイレ掃除でもしたらどうだ？」

「あっ、それいいですね！ トイレには神様がいるって言いますし」

そう言って両手をぱちんと合わせると、龍一さんは面喰らったように目を丸くする。

それから気が抜けたようにふっと息を漏らして笑った。

「冗談だ。きみはなにを言っても真に受けるな」

あきれたような彼の言葉に、思わず苦笑いを返して肩をすくめる。

冗談が通じない――実は昔からよく言われたセリフで、自分でも少し気にしていた。

「ごめんなさい。私と話すのってつまらないですよね」

「……急にどうした？　誰もそんなことは言ってないだろ」

「いいんです。まじめで頭でっかちで、冗談が通じない。学生時代から何度も言われてきたことなので、自分でも理解しています」

そう、ちゃんとわかっている。なのに改めて指摘されるとこうして落ち込んでしまうのだから、面倒な性格である。

小さくため息をつくと、エレベーターが最上階に到着して目の前の扉が開いた。うつむいたまま扉の方へ一歩踏み出そうとしたその時、頭の上にポンと温かな手がのせられる感触がした。そのままあやすようになでられる。

「りゅ、龍一さん？」

ドキドキと鼓動が騒ぎ、困惑して彼を見る。

「真智はもっと自分に自信を持て。自分を卑下するのは、きみを結婚相手に選んだ俺に対して失礼だ」

「すっ、すみません……」

厳しさと優しさの両方を感じる彼の言い方に、不思議と心が温かくなった。

その通りかもしれない。彼は私を選んだ根拠を〝勘〟だと前に言っていたけれど、テストの山勘みたいにあてずっぽうなものとは、たぶん違う。少しでも気に入る部分があったから、こうしてプライベートな場所まで連れてきてくれたのだ。

なのに私ときたらぐちぐち暗いことばかり言って……。龍一さんだって気が滅入るよね。

頭の中でひとり反省会を繰り広げていると、龍一さんの手がスッと頭から離れる。

「わかったら、引っ越し業者の前でも堂々と婚約者を演じろ。俺たちの関係は、もう始まってるんだ」

「はい……」

「じゃ、行くぞ」

さりげなく手を握られてまたしてもドキッとする。けれどなんとか顔に出さないようにしながら、新居の玄関を目指した。

「龍一さん、本当にここで生活してらっしゃるんですか？」

荷物の搬入が終わり、玄関で業者の見送りを終えたところで、思わず隣に立つ彼に尋ねた。

「そうだが、なにを疑ってるんだ？」

「いや、だって……人が住んでいる温度をまったく感じないので」

無駄なものがまったく置かれていない廊下をぐるりと見まわす。収納はすべて見えない構造になっているし、植物なども飾られていない。視界に入るインテリアらしいインテリアは、玄関の棚に車のキーを置いておく小物入れがひとつあるだけ。

廊下からリビングダイニングに戻ると、ソファやテーブルのセット、テレビなど最低限の家具家電が目に入る。しかしそれらもやはりモデルルームに置かれた展示品のように無機質で、汚れひとつない。

「ちょうど昨日、家事代行サービスが掃除をしていったからだろう。俺だって急いでいる出勤前なんかは、寝室に部屋着を脱ぎっぱなしにしたり、飲み終えたコーヒーのカップをテーブルに残して出かけたりもするさ」

龍一さんがそう言って、黒く塗られたスチールの脚がモダンな印象のダイニングテーブルを視線で示した。お揃いの椅子は片側の三つがチェアタイプ、もう一方がベンチタイプになっている。

「それを聞いて安心しました。ちなみにそういう場合、勝手にお部屋に入って洗濯物を回収するのはNGにしても、テーブルに残されたカップを洗ったりするのはかまいませんか？」

「ああ、もちろんだ。ただし、義務的にやる必要はない」

「食事はどうしますか？　偽装夫婦なので別々？」

龍一さんが思案するように腕組みをしたけれど、すぐに腕をほどいて私を見た。

「いや、毎回でなくても時間が合えば一緒に取った方がいいだろう。お互いがなにを食べたか知っていた方が、夫婦らしさが増す」

「……たしかに。今夜はどうしましょうか？」

「荷ほどきもあるし、外に出るのは疲れる。適当にデリバリーを頼んで、一緒にここで食べよう。今後のことも相談したいしな」

「わかりました」

私たちは好き合って結婚するわけじゃないから、一緒に生活する上でいろいろとルールが必要だろう。食事については今少しだけ話したものの、そのほかにも決めておくべきことが山ほどあるはずだ。

それから、私は自分に与えられた部屋にひとりで移動した。前の家から運んできた荷物の整理を始めるためだ。龍一さんも手伝おうとしてくれたけれど、いきなり私物を見られるのは気まずいので遠慮した。

もとは空き部屋にしていたそうだけれど、龍一さんの手配で昨日のうちにカーテンがつき、ベッドとデスク、シンプルな棚も運び込まれている。

家具はすべてナチュラルな木製で統一されていて、寝具のカバーやカーテンは爽やかな若葉色。疲れて会社から帰宅した時に、自然と癒やされそうな優しい雰囲気だ。

彼自身は色味を抑えたシンプルなインテリアが好きそうだったから、私のことを考えてくれたのか……いや、木製家具も緑色のカーテンや寝具も別に特別凝ったものじゃないし、深く考えずに用意しただけだよね。

自意識過剰な自分を窘め、段ボールのガムテープを剥がす。一番上に詰めてあったのが下着類だったので、ここに龍一さんはいないとはいえついどきりとする。

それと同時に、夫婦生活について考えておくのが宿題だったのを思い出した。

『外野の声に黙って耐えるか、好きでもない夫に抱かれるか、きみはどちらがいい？』

彼にそう聞かれた時の羞恥心が再燃し、ぶわっと顔中が熱くなる。

だ、抱かれるなんてそんなこと、恥ずかしすぎて想像もできない……！

たまらず首を左右に振り、火照った頬を両手で挟む。

しかし彼の方こそどうなんだろう。そんな質問をしてきたということは、龍一さん自身は好きでもない相手でも難なく抱けるという意味？

悶々としながら、広いクローゼットを開ける。龍一さんが用意してくれたのであろう、小物類を収納する引き出しがあったので、ブラやショーツを小さく畳んで、そこへ納めていく。自分の趣味とはいえ暗い色ばかりが並んでいるので、つい「色気なさすぎ……」とひとりごちた。

そのうち龍一さんと子づくりに取り組む日がくるかもしれないのだから、少しは女性らしいものを購入しておくべき？　いや、いかにもな勝負下着を龍一さんに見られると思ったら、そっちの方が恥ずかしくて死んでしまう……！

最後のひとつとなった紺のシンプルなブラをまじまじ見ながら心の声と格闘していたその時、不意に部屋のドアがノックされた。

「真智。少しいいか？」

「は、はいっ！　どうぞ！」

龍一さんの声に慌てて引き出しを閉め、ドアの方を振り向く。遠慮がちに入ってきた彼は、まだ片づいていない床の段ボールを一瞥し、私の前に立った。

「今から夕飯を頼んでおこうと思うが、きみはなにがいい？」

「私はなんでもいいです。龍一さんのお好きなもので」

動揺を悟られまいとへらっと笑ってそう答えたら、龍一さんの眉間にしわが寄った。

「茄子のフルコースでも？」

「えっ？　……はい。龍一さんがそうしたいのであれば」

そんな特殊なコースをデリバリーしてくれる店があるとは知らなかった。龍一さんって本当に茄子が好きなんだな。

それにしても、どうして険しい顔をしているんだろう？

龍一さんはひとつため息をこぼし、私を見る。

「なぁ、真智」

「はい」

「俺との同居生活に波風を立てたくないのはわかるが、必要最低限の自己主張くらいはしてほしい。俺は別に、言いなりになってくれる妻が欲しいわけじゃないんだ」

思いがけない言葉に、目をぱちくりさせる。自己主張はたしかに苦手分野だが、今の会話に関しては彼の勘違いではないだろうか。

私は、自分がそうしたいと思ったから口に出しただけだ。

「あの、私、不本意に茄子のフルコースを食べようとしているわけじゃありません」

龍一さんが、怪訝そうに目を細める。よく意味がわからない、そう言いたげな顔だ。

「相手の好きなものを一緒に食べたら、なんとなくその人を理解できる気がしませんか？　私は龍一さんのことをほとんど知りませんから、少しでもあなたを理解したくて必死なんです。まぁ、茄子が好物なのは知ってましたけど……無理やり合わせたわけじゃないというのだけ、わかっていただきたくて」

一気に話し終えたはいいが、ちゃんと説明できた自信はなくおずおず彼を見つめる。

龍一さんは目を見開いてぽかんとしていたが、やがて納得したようにうなずく。

「きみは本当に、なんの駆け引きもしない素直な女性だな」

「駆け引き？　そ、そんな高度な技が使えるはずないじゃないですか」

……処女なんですから。心の中でだけ、そう付け足す。

「疑って悪かった。俺の意見に同調するように見せて媚を売っているのが見え見えな女性とばかり接してきたから、人を信じる感情が麻痺してるんだ」

龍一さんはそう言って、ふっと自嘲する。

たしか、車の中でも似たようなことを言っていた。今までの人生で、彼はどれだけ多くの女性にがっかりさせられてきたのだろう。

長いまつげを伏せる彼の切なげな表情に、胸が締めつけられた。

「なんか……ちょっと、腹が立ちますね」

「すまない。きみの言葉に裏はないとわかったから今後は――」

「違います。龍一さんにじゃありません。龍一さんから信じる心を奪った、顔も知らない女性たちに対してです」

「真智……」

今さら私が腹を立てたところで、なんの救いにもならない。理屈ではわかっていても腹が立って、拳を握りしめる。視界に龍一さんの困惑したような表情が映り、自分を落ち着かせようと深呼吸した。

「ごめんなさい、私が怒ったってしょうがないのに」

気まずさをごまかすように、苦笑する。龍一さんはゆっくりかぶりを振った。

「いや……ありがとう。きみは優しいんだな」

不意にこちらに伸びてきた彼の手が、そっと私の頭をなでる。そのまま指先で少しの髪を掬うと、毛先まで慈しむようにゆっくりと梳いた。髪に神経は通っていないはずだが、優しく触れられているのが伝わって胸が高鳴る。

沈黙したままジッと私を見つめていた龍一さんは、髪に触れていた手で今度は頬に触れる。大きな親指にすりっと軽く肌をなでられ、息もつけずに彼を見つめ返す。

龍一さんの瞳がどことなく甘い色をしているのは気のせいだろうか。

どうしてなにも言わないんだろう？　それに、あまりに距離が近い気が……。

そう思った矢先、本当に彼の顔が間近に迫ってきて、体中の血液が顔に集まる。

黒々として長いまつげの一本一本までが確認できるほどの距離に、バクバクと心臓が高鳴る。どうしていいかわからないまま、鼻先まで迫ってきた龍一さんの顔を直視できずにギュッと目を閉じたその時――。

静かな部屋に、軽やかなスマホの着信音が鳴り響いた。

スッと私から離れた龍一さんが、ポケットからスマホを取り出す。

「……父だ。きみを紹介したいと言ってあるから、その件かもしれない」

「そ、そそ、そうですか」

びっくりした。今のはいったいなんだったの……？

いったん胸をなで下ろすが、お父様からの電話だと知り今度は別の緊張が走る。

スパーシルを創業し、現在の姿にまで成長させてきた降矢一族で、現在トップである社長職に就いているのが龍一さんのお父様なのだ。

いくら龍一さんが私を気に入ってくれていたって、お父様に認めてもらえなければ偽装結婚なんて絵に描いた餅なんじゃ……。

ハラハラする私の傍らで、龍一さんはさっそくスマホを耳にあてお父様と会話している。

「ああ、今日から家に来てもらった。別に急じゃない、彼女とは二年も付き合っていたんだ。ただ、彼女がなかなかプロポーズにうんと言ってくれないから、父さんたちにも紹介しづらかった」

龍一さんは私の上司、石狩さんへの説明と同じく、交際期間は二年間という設定で話を進めている。それにしても、少しも嘘を口にしているように見えないのだから感心してしまう。

「来月の三日？　ちょっと待って。彼女に確認する」

そんな言葉とともに、龍一さんがこちらを向く。その瞳に先ほど私を見つめていた時のような甘さはなく、あの瞬間自体が幻だったかのような気分になる。

「十一月三日の祝日、予定は空いているか？」

その日にご両親にご挨拶する流れなのだろう。もともと予定はないし、あったとしても彼のご両親に会う以上に大事な予定ではない。

「はい、終日空いています」

「わかった、ありがとう」

すぐさまお父様との通話に戻った彼は、当日会う時間や場所についても手短に相談し、あっという間に電話を終えた。

「その日、両親が実家に招いてくれるそうだ。昼食を取りながら話をしようと」

龍一さんのご実家。粗相をしてしまわないように注意しなくては。

「承知しました。十一月三日は〝文具の日〟ですから、縁起がいいですね」

「さすがは真智だな。そんなマイナーな記念日を知っていたとは」

国民の祝日である文化の日は有名だが、十一月三日は文具の日でもある。

「これくらいは、文具業界に身を置いていれば誰でも頭に入ってますよ。去年、公式SNSで小峰さんが宣伝していましたし」

【十一月三日は文具の日】

そんな文言とともに、会社の主力商品を彼女が紹介する写真が数枚、SNSに上がっていた。今年も広報部はなにかしらの宣伝をすることだろう。

「小峰？　ああ、試験で二位だった彼女か」

「えっ……小峰さん、二位だったんですね」

自分が一位だという結果以外は知らなかったので、胸がざわめいた。

つまり、彼女が一位だった可能性もおおいにあったのだ。小峰さんは優秀だし、龍一さんや彼のお父様に近しい重役の娘。見た目も華やかで、私よりずっと彼の隣に並ぶのにふさわしい。

ただひとつ、龍一さんにもともと好意を抱いていることだけが、彼の望む妻の条件には満たないけれど……ほんの少しテストの結果が違えば龍一さんの考えも変わって、ここにいるのは彼女だったかもしれない。

龍一さんにとっても降矢一族にとっても、そちらの方がよかったのでは……。

自分を卑下するなと叱られたばかりなのに、どうしてもうしろ向きな気持ちが湧く。

思わずうつむいていたら、龍一さんの小さなため息が聞こえた。

「彼女には気をつけた方がいい」

「えっ？」

「どうもきみに対する悪意を感じる。なにかされたらすぐ言ってくれ」

「悪意……」

私にも思いあたる節があるが、どうして龍一さんまで知っているんだろう。

そういえば研修の夜、龍一さんとホテルに戻った時に小峰さんが待っていた。どうしても彼の耳に入れておきたいことがあると。

もしかしてあの時、私の話を？

「彼女になにか言われたんですか？」

「ああ。研修の時の試験で、きみがカンニングをしていたと」

「カンニング？　わ、私、そんなことやっていません！」

あきらかに身に覚えのない濡れ衣だ。

隣の席だった小峰さんが一番わかっているはずなのに、どうしてそんな嘘を？

「わかっている。決まった解答のある問題をすべて正解したのはきみと彼女のふたりだけだったんだが、きみの答えの方が細かい部分にまで言及されていた。カンニングした者の解答ではない」

幸い龍一さんは小峰さんの言い分をまったく信じていないようだ。もちろん、信じていたら偽装結婚どころじゃなかっただろうけれど。

「だったら彼女はどうして……」

「優秀なきみへの単なる嫉妬だと思いたいが……本人に聞いたわけではないからわからない。今後も目にあまる嫌がらせがあるようなら人事部に相談するから、その時は報告してくれ」

「わかりました」

神妙にうなずいたが、心は重いままだ。小峰さんにとって私は、容姿も中身も『自分より下』という位置づけに違いないから、よほどテストの結果が不満だったのだろうか。

どんな理由にせよ、嘘を吹聴するのはやめてほしい。

「なあ、真智」

「はい」

鬱々と床を見つめていた顔を上げる。龍一さんはどことなく気まずそうに咳ばらいをして口を開いた。

「下着のしまい方は、もう少し丁寧にした方がいいと思うぞ」

下着のしまい方？

龍一さんの視線は、私を飛び越えて背後のクローゼットに注がれている。

なにげなくそちらを振り返ると、先ほど慌てて閉めた引き出しの中から、ブラのストラップがだらしなくはみ出していた。

「きゃぁっ！　これは龍一さんが部屋に来たので慌ててしまったからで……っ」

目にもとまらぬ速さで引き出しを開け、ストラップをしまって再び閉める。

顔が火照っているのを感じつつも再び彼に向き直ると、龍一さんはこらえきれなくなったように、小さく噴き出した。

「そんなに慌てなくたっていいだろう。一緒に生活していれば、下着くらい何度も目にする」

「そ、そうかもしれませんが、今日はまだ初日ですし！」

「ということは、そのうち着て見せてくれるのか？」

「な、なにを言って……」

しどろもどろになって眉を八の字にしていると、いたずらっぽく笑った彼がポンと私の頭に手を置く。

「少しからかっただけだ。ほんの少し下着の一部を見られたくらいでそんなふうになるきみに、無茶な要求はしない。大きな声を出す元気が戻ったようでなによりだ」

元気……？

もしかして、小峰さんの件で私が落ち込んでいたからわざとからかった？

問いかけるように瞳を覗いてみるものの、龍一さんは穏やかに微笑んだだけ。

「じゃあ、俺はリビングに戻ってる。夕飯の手配をしておくよ」

龍一さんがそう言って大きな手をふっと頭から離した瞬間、微妙な心許なさが胸に広がった。なんだか、もっと触れていてほしかったような……。

この感情はなんだろう。自問しながら部屋を出ていく彼を見つめていたけれど、答えはわからなかった。

「おいしいです、この茄子」

「だろう？　きみなら気に入るんじゃないかと思った」

夕食時、ダイニングテーブルに並んだのは茄子のフルコース……ではなく、ひき肉を使ったカレーに揚げ茄子がたっぷりのった逸品。近所のインド料理店からデリバリーしてもらったものだ。ライスの代わりに頼んだもちもちのナンに、スパイシーなカレーがよく合う。

「念願の同棲初日は、互いの好物である茄子がのったカレーを仲よく食べた。婚約者らしいエピソードがひとつ、できあがったな」

仕事人間の彼らしい考え方だ。ノルマをひとつクリアしたような言い方がおかしくて、思わずふふっと笑う。

「そうですね。やっぱり、適当な嘘をつくよりもこうして実際に同じ時間を共有する方が、エピソードにも説得力が増します」

「彼女の眼鏡にカレーが跳ねていました、なんて。作り話じゃ思いつかないからな」

「えっ？　跳ねてます？　早く言ってくださいよ……！」

そんなにガツガツ食べたつもりはないのに恥ずかしい。

慌てて眼鏡をはずしてみるが、どの角度から眺めてもレンズに汚れた部分はない。

両手で眼鏡を持ったままきょとんとしていると、テーブルに頬杖を突いた彼がクスッと笑った。といっても、眼鏡をはずしている私には、ぼやけてしか見えないが。

「嘘だよ。真智が眼鏡をはずしたところを見てみたかっただけだ」

「ふ、普通に言ってくだされればはずしますよ」

「そうか？　下着を見られるのも嫌なら、素顔はもっと見せたくないのかと」

「そんなふうに言われると急に気まずくなるじゃないですか……」

眼鏡を取ることを、下着を脱ぐみたいな感覚で言わないでほしい。

頬が熱くなるのを感じつつ、はずしていた眼鏡を戻す。くっきり見えるようになった龍一さんの表情は、甘くて優しげだった。胸が、ドキンと鳴る。

「やっぱり少し、印象が変わるんだな」

「そ、そうですか……？」

それは、いい方に？　悪い方に？

聞いてみたいけれど、口に出す勇気がない。龍一さんは涼しい顔でスプーンを手にし、ひと口カレーを食べてから、思い出したように話しだす。

「そういえば……平日の所帯じみたエピソードのほかに、休日のデートにまつわる話もあった方がいいよな」

「休日のデート？　すみません、私は経験がないのでよくわかりませんが……」

とはいえ、二年間の交際を経て婚約に至ったのに、一度もデートしたことがないというのはたしかに不自然だ。

「じゃあ、なおさら練習しておいた方がいい。婚約者をどこへも連れていってやらないんじゃ、周囲に甲斐性なしの男だと思われそうだしな」

デートの練習……それも、偽装結婚を叶えるためのステップのひとつなんだよね。

デートにふさわしい服装もメイクも、当日どう振る舞ったらいいのかもまったくわからない私が妻じゃ、龍一さんに恥をかかせることになってしまうかもしれないし。

「あの、恐縮なんですが、デートについて一から教えてもらっていいですか？　デートはおろか、仕事以外では友達と出かけた経験もほとんどなくて……」

「そうか。じゃ、食事が終わったら早速レクチャーしよう。勉強熱心なきみならすぐに〝正しいデートの楽しみ方〟を会得できる」

「ありがとうございます。よろしくお願いします！」

デートの練習も勉強や仕事だと思えば、そこまで緊張せずに臨むことができそうだ。

龍一さんが親切に偽装結婚までの道筋を示してくれるので、引っ越す前に抱いていた不安も次第に薄れていった。

小さな流れ星に捧げる祈り

龍一さんとの同居を開始して間もなく二週間。同居生活は凪のように穏やかだ。

というか、龍一さんがとても忙しい人であるため、あまり一緒に住んでいる感じがしない。

出勤も帰宅もバラバラなので、朝と夜、少し言葉を交わす程度だ。

それでも決して家の中の雰囲気が冷たいわけではなく、龍一さんは話すたびに笑顔を見せてくれるし、朝起きた時の私の顔色を見て、体調を気にかけてくれたりする。

龍一さんは男性なので姉との暮らしよりは緊張する面もあるけれど、不思議と居心地は悪くなかった。

会社には上司の石狩さんを通して先週のうちに婚約を報告した。実際の結婚はまだなのであまり騒がれないよう同僚には隠しているが、龍一さんの方も近しい重役や秘書には伝えているし、時折知らない社員からの視線や噂されている気配を感じるので、もしかしたらどこかから話が漏れているのかもしれない。

それでもとりあえずは平穏に仕事ができているが、小峰さんの耳に入ったらと思うと不安だった。私と龍一さんの婚約を、彼女がよく思うはずがない。

しかし、幸い彼女と顔を合わせることがないまま日々は過ぎていき、迎えた十月下旬の金曜日。私は昼休みにひとりで社員食堂にいた。

社員食堂の場所は、重役フロアの一階下。眺めのよい窓際で早々と食事を終えた後、新しく買ったプライベート用のメモ帳を繰り返し読み込んでいる。

【一、TPOに合った服装、かつ自分なりのおしゃれでデートに臨む。(ただし露出は控える)
二、デート中はお互いを見失ったりしないように手をつなぐか腕を組む。(車道側を歩いてはならない)
三、体調不良や疲労を感じた際は申し出る。(ヒールを履いた際の靴擦れなど)
四、極力スマホを見ない。(勉強用の書籍も同様)
五、基本的に龍一さんから離れない。トイレなどでひとりになる時は、その前後でほかの男性の接近に注意する。(声をかけられたらすぐに龍一さんに連絡する)
六、電車などに乗る際、龍一さん以外の男性に背中を向けない。(痴漢防止)
七、家に帰るまでの間に、ふたりでデートを振り返る。(反省点の洗い出し、次回に向けての目標設定)】

これが、同居初日に龍一さんから提示されたデート七箇条だ。口頭で言われたものを、私なりに解釈してまとめた。

龍一さんが平日も休日も多忙なためいまだにデートは実現していないが、明日土曜の午後、時間をつくってくれるそうだ。翌週にはご実家への訪問を控えているので、その時に着ていく服を買ったり、婚約指輪の下見に行ったりするらしい。

忙しい中せっかく龍一さんが一緒に出かけてくれるのだから、貴重な初デートでミスを犯さないよう、こうして復習を繰り返しているというわけだ。

「TPOに合った服装……ただし露出は控える？　なんだこれ」

頭上から、私のメモを読み上げる聞き慣れた声がして、ドキッと鼓動が跳ねる。

慌ててメモを閉じ顔を上げると、のんきに微笑む霜村くんがいた。手には丼がのったお盆を持っている。

「お、お疲れさま……！　今からお昼？」

「ああ。パパッとこれ食ったら外回り。今日もがんばりますよーっと」

彼は空いていた隣の椅子を引いて、テーブルにお盆を置く。丼の中身は食べ応えのありそうなかつ丼で、さっそく「いただきます」と手を合わせている。

メモの内容はとくに不審に思われなかったようなので、彼に気づかれぬようホッと息をついた。

「なぁ、噂で聞いたんだけどさ……羽澄と降矢専務が婚約したって、ガセだよな？」

いったん落ち着いていた鼓動が、ドックンと跳ねる。小峰さんの反応も怖いが、霜村くんほど親しい人への報告もどうするか迷い、いまだに実現できていなかった。

噂で知られるのなら、自分の口からもっと早くに言っておくべきだったかな……。

私は龍一さんとつくり上げた架空の物語を頭の中で反芻すると、覚悟を決める。

「そ、それが……本当、なんだよね」

大きなカツを口に入れようとしている霜村くんの横顔を見つめ、そう言った。彼の持つ箸から、カツがボトッとご飯の上に落ちる。

「えっ？」

「びっくりするよね。二年間、誰にも内緒で付き合ってたから……」

「にに、二年⁉」

目を見開いた霜村くんが、カチャンと箸を置いて激しくのけ反る。

あまりの驚きっぷりに周囲が何事かと私たちの方を見るので、居たたまれなくなって思わず口もとに人さし指を立てた。

「わり、でかい声出して。にしても、まだ信じられないけど……」

霜村くんが広げた手で口もとを覆い、眉根を寄せる。

「ううん、私こそごめん。いつもなにかと気にかけてくれる霜村くんにまでちゃんと話せてなくて……」

「それは別にいいけど、なんつーか……のんびりしてた俺、バカすぎる……」

ブツブツ呟きながら、テーブルに肘をついて頭を抱えてしまう霜村くん。急に顔色が悪くなった彼が心配になる。

「だ、大丈夫？」

「……いや、ちょっとダメかも」

「えっ？　医務室行く？　私、付き添うよ」

「うーん。でもこれは医者じゃ治せない痛みっつーか」

無理やり笑顔を見せる彼だが、どう見ても弱々しい。いつでも元気印の霜村くんなのにどうしたんだろう。彼の丸まった背にそっと手を添えて、少しでも楽になるようにとさすり始めたその時だ。

「真智」

食堂の喧騒に紛れ、低い声が凛と響いた。……龍一さん？

こんな場所に彼が現れるとは意外で、ドキッとしながら声のした方を振り向く。

「お、お疲れさまです……」

普通に挨拶がしたいのに、ぎこちなく目を逸らしてしまった。家でも会う人と会社で顔を合わせた時って、どんな態度でいたらいいのかわからない。

彼との婚約を大々的に発表しているわけでもないので、食堂にいるほかの社員たちの目も気になる。

「そちらの彼だが、具合が悪いのか？」

「あっ、そうなんです。急に様子がおかしくなって」

そう言って霜村くんの顔を覗き込もうとしたら、パッと顔を上げた霜村くんは自分の頬を両手でぱちんと叩き、お盆を持って立ち上がった。

「ご心配には及びません！　ちょっと、メンタルやられてただけで……おふたりの邪魔になってしまうので、俺、別の席で食事をしますね」

口を挟める隙もないほど早口で言いきった霜村くんに、私も龍一さんも圧倒される。

彼は最後に深々と頭を下げ、カツ丼がのったお盆を片手にこの場を離れていった。

その姿を見送りふと我に返った瞬間、龍一さんと目が合う。微かに細められた目に私を責める色が浮かんでいる気がして、心臓が縮こまった。

「たとえ社員食堂でも、男とふたりきりで食事というのはいただけないな」

「す、すみません……。偶然一緒になって」

まさか、社員食堂でそんな話をされるとは思いもしなかった。ほんの少し霜村くんと会話をしていただけだが、龍一さんの婚約者として軽率な行動だったらしい。

そういえばデートの七箇条の中でも、龍一さん以外の男性に意識を向けるのはご法度だったっけ。たとえ会社の中でも、休憩中などのプライベートな時間は同じようにしなければならないようだ。……ちょっと厳しすぎる気もするけれど。

「きみは、偶然一緒になった相手の背をなでるのか？」

腕組みをした彼に、淡々と聞かれる。とげがある聞き方から察するに、結構怒っているみたいだ。

「それに関してはご説明した通り、彼の具合が悪そうだったので」

「元気に別の席へ移動していったようだが？」

「そう言われましても、私には彼の詳しい状態はなんとも……」

龍一さんが私から視線をはずし、深いため息をつく。

謝った方がいいのだろうか……。だけど、霜村くんに対して浮ついた感情を持ったわけでもないのにここまで責められるのは、なんとなく理不尽だ。

「まぁいい。今夜は一緒に帰れるか？」

「一緒に？　はい、大丈夫です」

龍一さんは遅くまで会社に残っていることも多いが、今夜は早く帰れるらしい。

大丈夫とは答えたが、会社から連れ立って帰るというのは初めてなので驚いた。

「それじゃ、エントランスで待っていろ。社員に俺たちの関係をもっと周知させたい。さっきの彼のような、きみの優しさに付け入る者が現れないように」

「わ、わかりました……」

あまり目立ちたくないのが本音だけれど、帰るのは同じ家だしこれ以上龍一さんを怒らせたくない。そう思ってうなずいた。

「話はそれだけだ」

淡々と告げた龍一さんは、くるりと踵を返して社員食堂を出ていく。

食事をしに来たわけではなかったらしい。……だとしたら、なんのためにここに？

首をかしげながら見送った広い背中は、まだ少し不機嫌そうだった。

「そんなに急いで、降矢とデートか？」

定時の午後六時を迎え、龍一さんを待たせてはいけないと急いで帰り支度をしていたら、ちょうど会議から帰ってきた石狩課長に声をかけられた。

「い、いえ。ただ一緒に帰る約束を……」

「いいねぇ若いもんは。どれ、俺も途中まで一緒に行って、降矢を冷やかそうかね」

自席に戻った課長はおもしろがるようにそう言って、ビジネスバッグを机の上に出す。ふたりは先輩後輩なわけだから私は一向にかまわないのだけれど、お昼の社員食堂での龍一さんの様子を見る限り、ちょっと心配だ。

「あの、もしかしたら付き添わない方がいいかもしれないです」

「ん？　なんでだ？」

「上司である課長に失礼なことを言ってすみません。でも、ほかの男性とふたりでいると怒られるんです……。お昼も、社食で親しい同期と一緒にいただけで機嫌を損ねられてしまったので、学習能力がないのかと思われないか不安で……」

脱いでいたスーツのジャケットに袖を通していた石狩課長が、動作を止めて目をぱちくりさせる。私、変なことを言ってしまっただろうか。

遠慮がちに課長の表情をうかがっていると、彼は唐突にクスクス笑いだした。

「わかったわかった。そこまで盛大に惚気られたら遠慮するしかねぇな」

「え？　の、惚気……？」

今の話のどこが惚気だったの？

「しっかし、降矢もかわいいとこあるじゃねえか。引き留めて悪かったな。早く嫉妬深い婚約者のもとへ行って、安心させてやれ」

課長が手をひらひらさせて、私を追い払うような仕草をする。

私としても早く待ち合わせ場所のエントランスに向かいたいところだけれど、〝嫉妬深い〟のひと言が妙に引っかかる。

偽装の関係を悟られないためにもあえて言い返す必要はないのに、気がついたら口を開いていた。

「いえ、嫉妬とかではなく、降矢家に嫁ぐ者として自覚が足りないと私に言いたかっただけかと……」

「バカだな、違うだろ。降矢家に嫁ぐなら、年齢や性別の違う相手ともうまくやる社交スキルはむしろ必須だ。結婚したら夫人として面倒な付き合いがいろいろあるだろうしな」

「社交スキル……それは、たしかに」

「つまり、アイツの不機嫌はくだらん嫉妬だ。羽澄が甘やかしてやりゃ機嫌直すだろ」

本当に嫉妬なの……？　いや、課長は私たちの本当の関係を知らないから、単にからかいたいだけだろう。というか、龍一さんを甘やかす方法なんて知らないし。

「さ、参考になります。それではお先に失礼します」

「おお、降矢によろしく」

のんきな返事をする課長にぺこりと頭を下げ、ステーショナリー開発部のオフィスを後にする。出るのが少し遅くなったけれど、龍一さんの方が忙しいだろうしエントランスに着くのは私が先のはず。

そうは思っても急ぎめにエレベーターで階下に下り、エントランスを目指す。

龍一さんが来るまで、ベンチに座って待っていればいいかな……。

広々としたエントランスに着き、壁沿いにいくつか置かれたベンチに視線を向ける。するとそのうちのひとつに、悠々と足を組んで座る龍一さんの姿が。思わず腕時計を確認したものの、まだ六時十分にもなっていない。

は、早すぎません……？　一気に焦ってしまい、小走りになる。

その間、彼の前を通り過ぎる何人もの女性社員たちが「専務、お疲れさまです」と甘ったるい声で挨拶している。龍一さんはそのすべてにクールな表情で「お疲れさま」と応えていた。

女性社員たちが遠ざかったタイミングを見計らい、彼のもとへ駆け寄る。

「お、お待たせしてすみません……！」

「なにも走らなくても。仕事だったんだろう、気にするな」

スッと立ち上がった龍一さんは、少し息が上がった私を気遣うように笑みを向けてくれる。

よかった……。お昼休みの不機嫌は、どうやら直っているみたい。この雰囲気だったら、石狩課長の言っていたことを直接彼に尋ねてみても大丈夫だろうか。

「仕事というか、石狩課長とお話ししていたんです」

ゆっくり歩き出しながら、彼を見上げる。

「石狩さん？」

「はい、流れでお昼の食堂でのことを話したら、課長は龍一さんが嫉妬しているのだろうと言うんです。そんなことありえないのに」

苦笑してから、「課長はこちらの事情を知らないからしょうがないですけど」と付け足す。龍一さんは黙って前を見ていた。

「嫉妬している、ということにした方が怪しまれないかもと思い、そこまで激しく反論はしませんでしたが、龍一さんの名誉のことを考えたらちゃんと否定しておいた方がよかったでしょうか？」

彼の横顔にそう問いかけると、龍一さんはぴたりと足を止め、軽く眉根を寄せた。

「嫉妬……では、ない」

龍一さんが独り言のように呟き、考え込むように目を閉じる。

ほら、やっぱり違うじゃないですか、課長。龍一さんはただ、私の軽率な行動をとがめたかっただけなんですって。

胸の内で課長にそう語りかけていると、龍一さんがパッとまぶたを開く。

それから周囲に人がいないことを確認し、小声で言った。

「しかし、きみの対応は正しい。周囲に嫉妬深い男と勘違いされているくらいの方が、偽りの愛情も信じ込ませやすいだろうからな」

「わかりました。では、今度から〝龍一さんは嫉妬深い婚約者〟ということで、私も話を合わせます」

「そうキャッチフレーズのように言われるのは複雑なものがあるが……仕方ない」

本当は不本意なのだろう。無理やり口角を上げる彼がおかしくて、つい笑みがこぼれる。

「笑ったな？」

「す、すみません」

「俺をバカにするなら、明日のデートはなしだ」

無慈悲な表情で言うなり、スタスタと歩き出して自動ドアを出ていってしまう龍一さん。私は慌ててその後を追いつつ、バッグに手を入れて例のメモを取り出した。

「あの、それはちょっと……私、一生懸命勉強したので、実践させてください！」

「きみはそればかりだな。口を開けば勉強勉強と」

「だって、龍一さんの役に立ちたくて……！」

夜のオフィス街に、頼りない私の声が響いた。

どうしてだろう。私、デートはなしだと言われてムキになっている。

龍一さんはうつむく私をジッと見下ろすと、小さくため息をついた。

「きみの仕事や勉強の邪魔はしない。そういう約束だったな。今のは俺が悪かった」

「いえ、どっちが悪いとかそういうことではないのですが……」

言いかけている途中で、不意に彼が私の手からメモ帳を奪う。まだ真新しいページの最初に書かれたデート七箇条に目を落とした彼は、ジッと読み込んだ後でパタンとメモ帳を閉じた。

「ここまでまじめにデートに取り組もうとしてくれている婚約者の気持ちに応えないんじゃ、男が廃るな」

「えっ？」

龍一さんはメモ帳を私のバッグの隙間に戻すと、唐突に私の手を取って握った。

男の人らしい、硬い手のひらの感触。そして自分よりもずっと高い体温を感じて、頬にかぁっと熱が集まる。

「これは決して嫉妬深いから言うわけではないが……」

そこで言葉を切った彼が、不意に身を屈めて私の耳もとに唇を寄せた。

「明日のデートはそのメモにある通り、俺だけ見ていればいい。それが一番の勉強になる」

「は、はい……」

吐息交じりにささやかれ、全身に甘い電流が流れるような感覚がした。赤くなっているであろう顔を小刻みに上下させてうなずくと、龍一さんは満足げに微笑んで、つないだ私の手を引いて歩き出す。人目も気にせず、堂々と。

会社のそばなのにいいのかな。婚約者だから、いいのか……。

くすぐったい気持ちと格闘しながら、マンションまでの短い道のりをふたりでゆっくり歩いた。

「TPOに合った服装、かつ自分なりのおしゃれ……」

迎えた土曜日の午後。クローゼット脇の姿見の前で、私は悩んでいた。

長い髪はサイドをねじったハーフアップにして、普段はあまり色を使わないメイクも、アイシャドウにシナモンブラウン、リップにはボルドーの色を使った。姉に譲ってもらったはいいが、ずっと使う機会がなかった化粧品たちが役に立った。

顔から上は一応それなりになったものの、問題は服装だ。

白のブラウスに紺のベスト、少なめのプリーツが入ったブラウンのチェック柄ボックススカートを合わせてみたが、なんだか高校生の制服のよう。せっかくデート仕様にした髪やメイクにも合っていない気がする。

昨夜、遅くまでスマホとにらめっこをしてデート服について調べたので、クローゼットをひっくり返してそれらしいファッションにはしてみたつもりなのに……。

「真智、準備できたか？」

その時、ノックとともに龍一さんの声がした。勉強の成果を発揮して褒められたい気持ちがあった私としては、まだ百点の仕上がりとは言いがたく、慌ててしまう。

「あの、もう少しだけ待ってください」

「まだ服を選んでいるのか？」

「はい、一応着替えましたがしっくりこなくて、選び直そうかと……」

「じゃ、裸というわけではないな。入るぞ」

「えっ」

私の返事を待たず、ガチャッと扉が開いた。ハンガーにかかった服を両手に抱えた状態で、入ってきた龍一さんと目が合う。

オールドブルーのシャツに、黒のロングカーデと細身のテーパードパンツを合わせた服装は、リラックス感がありつつもシャープな印象で、大人の休日という雰囲気。

絶対にこの高校生スタイルで隣に並んだらダメだ……。

自分のセンスのなさにますます落ち込んでいると、歩み寄ってきた龍一さんが私の姿を上から下まで眺め、無言でクローゼットを物色し始めた。

「あ、あの……？」

「今の服も別に悪くないが、シャツとベストの組み合わせが学生っぽいんだろう。もう少し女性らしいシルエットの……これと、これなんかどうだ？」

私の少ないワードローブの中から龍一さんが手に取ったのは、シンプルな白のVネックニットと、ストラップがレースになっている黒のキャミソール。

普段なら、ニットの中には絶対襟付きのシャツを着るし、キャミソールは完全に見えないインナーとしてしか使っていない。でも言われてみれば、ニットの襟からレースが覗いたら素敵かもしれない。ただ……。

「私……これじゃ、いきなり減点ですね」

「減点？」

「本当は自分の力でおしゃれをしなきゃいけなかったのに、龍一さんからアドバイスをもらってしまったんですもん」

彼に渡された二着の服を眺め、ため息をつく。デートが始まる前から幸先が悪い。

「そんなことを気にしていたのか。なら、安心していい。デートに着ていく服をそこまで悩んでくれただけで、むしろいくらか加点されている」

「悩んだ結果、パッとしない服装になってしまったのにですか？」

「仕事もそうだが、結果だけでなくプロセスも大事だろう。まだ婚約者になりたてのきみに、完璧は要求してない。これからセンスや感覚を磨けばいい」

「ありがとうございます……」

そっか。龍一さんも私の経験値の低さは重々承知しているから、いきなり百点を目指す必要はない。今日は初めてのデートなんだし、失敗を恐れるよりも彼を知ることに重点を置く方がよさそうだ。

龍一さんはリビングで待つと言っていったん部屋を出ていき、着替えを済ませた私は再度鏡の中の自分と目を合わせる。

デコルテを出しただけで、ずいぶんと大人っぽい印象になった。ここにネックレスでも飾ったらもっとよかったのかもしれないけれど、ファッションに疎い私は、アクセサリーをひとつも持っていない。今までとくに必要だと思わなかったのだ。

「ま、いいか……」

鎖骨のあたりを指先でなぞってみるも、ないものは仕方がない。服装が決まると、バッグを持って自室を出た。

デート先はすべて車を運転する龍一さんにお任せで、私は助手席で礼儀正しく座っている。会社と自宅との往復ばかりしている日常ではあまり意識していない街の景色が、なんとなく新鮮に見える。

ドライブが始まってしばらくは緊張のせいで会話が見つからなかったが、今日は、龍一さんをよく知るためのデート。質問攻めにするくらいの意欲を見せなければ。

「あのっ。龍一さんのこと、いろいろお聞きしていいですか?」

「ああ。むしろ、知ってもらわないと困るからな」

「ありがとうございます。では……」

降矢龍一、三十二歳。東京都出身。六月生まれのふたご座で、血液型はA。身長一八一センチ。好物は茄子。――と、いうような基本的なプロフィールは同居開始時にお互い教え合っていたので、今日はもっと深いところまで聞いてみたい。

「ご趣味は？」

「それはさんざん言っているだろう、仕事だ」

「あっ……失礼しました。では、特技は？」

「それも仕事だ」

会話終了。……ダメだ。私にインタビュアーの素質がなさすぎる。

「えっと、ちょっと待ってくださいね。あとは……」

「そう緊張するな。別に、逐一きみを採点しているわけじゃないんだから、見合いの定型文みたいな質問じゃなくて、もっと自由に聞いてくれていい」

自由か……それはそれで難しいのだけれど。目を閉じて思いを巡らせようとしてすぐ、彼に一度聞いてみたかったことを思い出した。

「あのっ、仕事に関係のある話でもいいですか？」

「もちろんだ」

「龍一さんが、自社商品で一番思い入れのあるものってなんですか？」

趣味も特技も仕事だと言いきる彼が気に入っている商品ってどれだろう。興味本位ではあるけれど、いち社員として次期社長の意見が気になった。

「きみがまだ高校生くらいの頃だと思うが、夢望という商品が発売されていたのを知っているか？」

夢望。私がスパーシルに入りたいと思うきっかけをつくった、あのシャーペンのことだ。ここでその名が飛び出したことに軽く驚きを覚えつつ、こくんとうなずく。

「存じています。というか、現物を持っています」

「本当か？　かなり前に販売中止になったものなのに」

「はい、一本だけですが。シャーペンは芯さえ入れればずっと使えますし、施されたキラキラがお気に入りで」

そう言って龍一さんの横顔を見ると、彼がふっと笑みを浮かべる。そのやわらかい表情にトクンと胸が鳴った。

「そうか。きっと喜ぶだろうから、開発者に伝えておく」

「龍一さん、開発者の方をご存じなんですか？」

「まあな」

そういえば、上層部なら開発者の名前を知っているという話だったっけ。ずっと伝えたかったお礼をようやく口にできる、このチャンスを逃す手はない。

その時、車がちょうど街中のパーキングに到着する。龍一さんが慣れた様子でバック駐車を終え、不意にこちらを向いたタイミングで口を開いた。

「じゃあ、その方に伝えていただけますか？　母が亡くなった悲しみの中でも、夢望に込められたメッセージに励まされて大学受験をがんばることができた。そして、スパーシルへ就職しようと決めた、ひとりの社員がいるって」

私を見つめる切れ長の目が、まぶしいものを見るように細められた。それからゆっくりと瞬きをした彼は、深くうなずいた。

「わかった。必ず伝えよう」

「ありがとうございます……！」

目的地に着いたのでそこで話が途切れ、龍一さんがなぜ夢望に思い入れがあるのか、その理由までは聞きそびれてしまった。その上、歩き出すと同時に彼に手を握られてドキドキしてしまったので、正直夢望どころではなかった。

昨日の会社帰りにもつないだけれど、全然慣れない……。

そうして彼とやって来たのは、ハイブランドの路面店が軒を連ねる表参道。広い歩道に大勢の人が行き交っている中でも、龍一さんは目立つのだろう。歩いているだけで自然と女性の注目を集めていた。

「ねえ、あれ、モデルの人……？」

「えーっ。じゃなくて、戦隊ヒーローの俳優じゃない？」

「声かけてみよっか？」

「無理無理。一緒にいるマネージャーっぽい人に睨まれるよ、きっと」

そうか。私はマネージャーに見えるのか。他人事のようにそう思っていると、龍一さんがぼそりと呟く。

「マネージャー？　手をつないでいるのが見えないのか？」

どうやら同じ会話を耳にしたようだ。不満そうな声音なので、偽装とはいえ婚約者同士に見えないことにご立腹の様子。

でも、私と龍一さんじゃ見た目の差がありすぎるので、彼女たちの反応もいたし方ないだろう。

私自身はそう思うものの、龍一さんに怒られそうなので口には出さない。

「だったらこうするか」

つないでいた手を離した龍一さんが、その手を今度は私の腰に回してぐっと引き寄せる。手をつなぐよりずっと密着感のある体勢が恥ずかしすぎて、内心悲鳴をあげた。

　ちち、近すぎる……。

「あの、これはちょっと……人前で、恥ずかしいです」

　湯気が出そうな顔で訴える。

　龍一さんは焦ったように腰から手を離し、私から顔を背けた。

「そう、だよな……。すまない。ぶしつけだった」

　逸らされた顔がどんな表情なのかはわからないが、耳のふちがほんのり赤い。

　もしかして、龍一さんも照れてる……？

　そう思うと、頬の火照りがますます収まらない。

「嫌だったわけではないのですが……やっぱり、手をつなぐだけにしませんか？」

　照れただけで、不快感を覚えたわけではない。それだけわかってほしくて、指先でちょんと彼の手に触れる。龍一さんが困ったような目で私を見下ろした。

　思わず手を引っ込めようとしたら、次の瞬間キュッと掴まえられる。そして、指同士を絡めて握られた。腰を抱かれるより密着感はないものの、やっぱり恥ずかしい。つないだ手を通して、龍一さんにドキドキが伝わってしまいそうで。

「初めてだ」

「えっ？　なにがですか？」

「……これしきのことで動揺するなんて」

そう言った彼は、なぜか睨むような目をして私を見る。

怒ってる……？　照れたり怒ったり、今日の龍一さんはよくわからない。

「す、すみません」

「別にきみのせいでは――いや、きみのせいだな」

独り言のように呟く彼の眉間にはしわが寄っている。

とにかく私のせいで、彼になにかストレスを与えているらしい。

「あの、手を離した方がいいですか？」

「誰がそんなことを言った？　七箇条を忘れたのか？」

「いいえ、でも龍一さんが怒ってらしゃるので……」

「……怒っているわけじゃない。戸惑っているだけだ」

彼はそう言うけれど、前を向く横顔はやっぱり怒っているように見える。

とりあえず手はつないでいてかまわないらしいので、彼に手を引かれるまま表参道の並木道を歩いた。

「いらっしゃいませ」

上品な女性店員の声に出迎えられてやって来たのは、店内がゴールドの色味で統一され、ショーケースの中にまばゆいアクセサリーの数々がきらめくジュエリーショップ。ブランドなどよく知らない私でも耳にしたことのある、海外発の高級ブランドの直営店だった。

婚約指輪を見る予定だとは聞かされていたので、そのためだろうと察する。

緊張する私の横で、龍一さんがカウンター内の女性店員に話しかけた。

「彼女に似合いそうなエンゲージリングと、それから……」

ふとこちらを見下ろした彼。微妙に目が合わないが、なにを見ているのだろう。

「今この場でプレゼントする、ネックレスを探しています。モチーフはそうだな……流れ星がいい」

「えっ？」

プレゼント？　ネックレス？

意表を突かれた言葉に目を瞬かせている私をよそに、にこやかに微笑んだ女性店員が「かしこまりました」と店の奥へ消えていく。

「龍一さん、指輪はともかくネックレスって？」

「今日のファッションは悪くないが、アクセサリーがあった方がいい。それに、夢望を気に入ってくれたきみなら、流れ星のデザインが好きだろう？」

夢望のデザインも、たしかに願いを叶える流星がモチーフ。アクセサリーになっても絶対にかわいいとは思うけれど。

「もちろん好きですが、誕生日でもなんでもないのに受け取れません」

「そんなに気にするなら、あのメモに書き加えておけばいい。〝婚約者からのプレゼントはいつでも素直に受け取る〟ってな。遠慮したら減点だ」

「なっ……それじゃ、受け取るしかないじゃないですか！」

「いらないなら、後で捨てればいい。だけど今日のデートの間は着けてろ」

言い合いをしているうちに、先ほどの女性店員がネックレスをベルベットのトレイにのせて戻ってくる。

「流れ星モチーフはとても人気があるのですぐ完売してしまうのですが、ちょうど再入荷したところだったんです」

「運がいいな、真智。さっそく試着してみて」

「は、はい……」

遠慮できる空気ではなく、曖昧にうなずく。値段はわからないがとても高価なネックレスだろうに、試着なんてしていいのだろうか。

まごつく私にかまわず、カウンターから出てきた店員がすぐにネックレスを着けてくれる。

持ち上げていたうしろの髪を下ろすと、店員がカウンターのテーブルミラーを見やすい角度に直してくれた。

華奢なイエローゴールドのチェーンの先端に、小さな流れ星のチャームがついたネックレス。星形の中央には小さなダイヤの粒が散らされていて、寂しかったデコルテを飾るちょうどいいアクセントになっている。一緒に鏡を覗いた龍一さんが、満足げに微笑んだ。

「よく似合ってる。このまま着けていきたいのですが」

「承知しました。お渡しの前に再度傷の有無など確認させていただきますので、いったんはずさせていただきますね」

なにも言えずに龍一さんと店員に流され、ネックレスの購入が決まる。

そのまま指輪のサイズも測られて、龍一さんは目を疑うほどの大きなダイヤがついたエンゲージリングの予約を済ませた。

買い物が済むと、いかにも上客を見送るような丁寧さで数名の店員に見送られた。

龍一さんが支払ったとはいえ、こんなにポンポンと高価な買い物をするのは初めてで、店を出たにもかかわらず、キラキラした空間から抜け出せていないような感覚が続いている。

龍一さんは歩きながら、放心状態の私の顔を覗いて苦笑する。

「あまりうれしそうじゃないな」

「う、うれしいはうれしいです。分不相応な気がしているだけで……」

こんなことを言ったら、また叱られるだろうか。だけど、なんでもない日に高価なアクセサリーを贈られるなんて初めてなのだ。パニックになるのも許してほしい。

「婚約指輪ができるのはまだ先だから、とりあえずそれを毎日着けておくんだ。もちろん会社にも」

「えっ。会社にもですか……？」

さっきはデートの間だけと言っていたのに、話が違う。

「嫌なのか？」

探るような目で見下ろされ、瞬時に首を左右に振る。

決して嫌なわけじゃない。さっきも言った通り、うれしいのだ。

でも、だからこそ、会社には着けていきたくない。

「初めていただいたプレゼントなので、汚したり、壊したりしたくないんです。こうやって龍一さんと出かける大切な日だけ着けるのでは、ダメですか？」

鎖骨の窪みで控えめに輝く星にそっと触れながら、彼を見上げる。

毎日着けていけというのは、私たちの関係が本物だと周囲に信じ込ませるためだとわかっているけれど……彼が流星モチーフを選んだのは、私の好みを考慮してくれたからだ。

そうなると、ネックレスがただの〝道具〟だとは、私には思えない。愛する恋人に贈るプレゼントとは違うにしろ、この小さな星に彼のちょっとした優しさが溶けていると思うと、なんだか特別なもののように感じるのだ。

「きみはまたそうやって……」

龍一さんはぽつりとそう呟いた後、深いため息をつく。そうやって、の続きが聞きたくて耳を澄ませていたものの、彼がその先の言葉を継ぐことはなかった。

店に入る前と同じようにつないでいる手をきゅっと握り直し、私を見下ろす。

「まあいい。そういう理由なら、無理に毎日着けろとは言わない」

無表情だが、怒っているわけではなさそうだ。

気持ちをくんでもらえたのがうれしくて、笑顔を返す。

「ありがとうございます！」

「……こっちのセリフだ」

「えっ？」

「なんでもない。次は服だったな」

軽くはぐらかされて、彼に手を引かれるまま次の店へと向かう。よくわからないけれど彼のまとう空気がいつもよりやわらかい気がして、鼓動がトクトクと優しい音を奏でていた。


ショッピングのついでに外で夕食を済ませ、デートから帰宅したのは夜九時頃。

帰り道の途中、龍一さんが少し回り道をして夜景の綺麗な場所を通ってくれて、私は子どものように「すごいすごい」とはしゃいだ。

偽装結婚に向けての訓練の一環だというのに反省点や次回の目標について考えるのも忘れてしまったので、龍一さんの中ではシビアに減点されていたかもしれない。それでもいいと思えるほど、単純に楽しかった。

帰宅してすぐ、龍一さんから先にシャワーを使っていいと言われたのでバスルームへ向かった。しかし、洗面所の鏡の前でネックレスをはずし忘れていることに気づく。

すぐさま首のうしろに両手を回してみるが、手探りで留め具をはずそうとしてもうまくいかない。

「痛たた……」

肩の関節が悲鳴をあげたので、今度は留め具を前に回してみる。鏡を見ながらであれば今度こそはずせるだろうと思いきや、アクセサリーに慣れていないせいか、それとも私が不器用なだけか、まったくうまくいかない。

仕方がないので、リビングにいる龍一さんのもとへ向かった。

「あの、すみません。どうしても自分でネックレスがはずせなくて……お手伝いしていただけたらと」

遠慮がちに言うと、ソファでスマホのチェックをしていた龍一さんが振り向く。

「ああ、そのネックレス、留め具が少し変わった形だったよな。はずしてやるから隣に座って」

「はい。お願いします」

スマホを目の前のローテーブルに置いた彼の隣に、ストンと腰を下ろす。はずしやすいようにと少し彼の方へ体を向けると、龍一さんが私の首もとに両手を伸ばした。

瞬間、ふわっと彼のまとうフレグランスが香り、距離が近いことを意識する。前に回したままの留め具をいじる彼の手が、必然的に肌に触れてくすぐったい。

自分から頼んだとはいえ、結構恥ずかしいお願いをしてしまったかも……。

「ほら、はずれた」

そんな声にホッとした瞬間、ふと目線を上げた龍一さんと目が合う。

時間が止まったような気がした。なにも言葉はないのに、鼓動が高鳴る。

彼の深い漆黒の瞳が、熱をはらんでいる気がして……。

龍一さんの眼差しに囚われてぼんやりしているうちに、長いまつげを伏せた彼の顔が近づいてきた。

えっ――？

心の内で声をあげるのと同時に、唇にやわらかいものが触れる。それが龍一さんの唇だと気づいた頃には、口づけがすでに終わっていた。しかし、記憶にはしっかりとその感触や温度が刻まれた。……だって、私のファーストキスだ。

「龍一さん……？」

全身が熱くて、心臓が痛いくらいに脈打っている。

こんな感覚は初めてで、自分がどうにかなってしまいそう。

私、どうしてこんなに……。

「……すまない。単なる出来心だ」

龍一さんが伏し目がちにそう言って、はずしたネックレスを私の手に握らせる。

激しく高鳴っていた胸に、微かな痛みが走った。

「出来心……」

「いちいち深く考えなくていい。俺は部屋にいるから、シャワーから上がったら呼んでくれ」

龍一さんは一度も目を合わせず、スッとソファから下りてリビングを出ていってしまう。ドアが閉まった音を聞くと、私は思わず自分の胸に手をあてた。

彼はそばにいないのに、まだドキドキしている。

「私、まさか……」

ある予感に気づいて、キュッと唇を噛む。もしそうだとしても、この気持ちを表に出してはダメだ。

私たちが目指すのは、互いに依存しない偽装夫婦。余計な感情を挟むのはご法度なのだから。そう自分に言い聞かせ、手の中にあるネックレスを見つめる。

どうか、この気持ちが恋心ではありませんように。

私はただ切々と、小さな小さな流れ星に祈った。

偽りと本音の狭間で──side龍一

「とても緊張しましたが、ご両親が優しい方たちで本当によかったです」

昼間のうちに俺の実家へ挨拶に行った日の夕食時。テーブルの反対側に座る真智がのんびり緑茶をすすって言った。

実家で出された料理はそれほど食べていなかったのに、このマンションの一階に入っている和食レストランでテイクアウトした弁当は、ぺろりと平らげた。よほど緊張していたのだろう。

「きみが勉強熱心だというのが両親にも伝わったんだろう。まさか、実家で新商品のプレゼンが始まるとは俺も思わなかったが」

「プレゼンをしたつもりではなかったんですけどね」

眼鏡の奥にある、もともと垂れ気味の目尻を下げて、真智が苦笑する。基本的に年齢より幼く見える顔立ちだが、最近メイクが上達して大人っぽくなってきた。

今日の彼女は落ち着いたオリーブ色のシャツワンピースを身に着けているせいもあるのか、一段と女性らしい美しさに磨きがかかっている。

「結果的にそれが功を奏した。きみのまじめさを気に入った俺が熱烈に求婚したのだと、父も母も納得してくれたようだからな」

「こっちは気が気じゃなかったですよ。龍一さんが会話の途中で急に肩を抱いたりするから……」

恥じらうように俺から目を逸らし、ぼそぼそ呟く真智。

たしかに彼女は俺がちょっと触れるだけでいまだに動揺する。同居し始めて間もなく三週間になるのに、まったく免疫がつかないらしい。

そういった面で見れば偽装の婚約者として少々頼りないが、だからといって彼女以外の女性と結婚したいとは思わない。まじめな部分以外にも、彼女には多くの魅力があるからだ。

例えば、今彼女が着けている、流れ星のネックレス。

あれは俺が贈ったものだが、彼女は普段とても厳重にしまい込んでいて、特別な日だけその身に着ける。初めて俺がプレゼントした、大切なものだからだそうだ。

俺はその発想に驚くとともに、真智の内面の美しさを垣間見た気がした。男に贈られたアクセサリーを〝見せびらかしたい〟と思わない女性に出会ったのは初めてだったのだ。

俺はもともと知的好奇心が旺盛なので、珍しい物や人に出会えばもっと知りたくなる。真智のなにもかもが興味深く思えるのも、きっとそのせいだろう。

ただ、一週間ほど前、無意識にキスしてしまった件に関しては、自分でもよくわからなかった。ネックレスをはずしてやる時に真智の顔がそばにあって、気づいたら唇を奪っていた。

あの時の自分の心理状態を知るために、もう一度キスを仕掛けてみようかと思うこともある。しかし、必要以上に接近すると真智が真っ赤に頬を染めて困った顔をするので、強引にしようとまでは思っていない。

しかし、いずれ結婚するというのに口づけひとつ遠慮しなければならない状況に、少々悶々としている。偽装結婚なのだから夫婦らしい触れ合いはなくていい。真智にもそう提案したし自分自身そう思っていたはずなのに、これはどういうことだろう。

それと、自分の中にもうひとつ不可解な感情がある。

先週、たまには社員食堂で食事でもと思って出向いたら、真智が男性社員と話していた。たしか、研修の時も真智と一緒にいた男だ。どうやらかなり親しいらしい。

軽く不愉快になりながらもその場は素通りしようとしたのだが、真智がその男の顔を心配そうに覗き込み背中をさすっている姿を見たら、驚くほどの苛立ちが湧いた。

……俺を前にしている時と、ずいぶん態度が違う。少なくとも俺は、あんな視線を向けられたことはない。

いくら偽装結婚でも、夫になる相手にしないことをほかの男にするのはルール違反ではないのか。気安く体に触れて、勘違いでもされたらどうするつもりなんだ？

胸の内で盛大な独り言を繰り広げた後、真智本人にも苦言を呈した。それでも苛立ちは収まらず、食欲がなくなったのでなにも食べずに食堂を出た。

あの時の俺の様子を、真智の上司であり俺の大学の先輩でもある石狩さんは『嫉妬だ』と言っていたらしいが、さすがにそれはないだろう。

なぜなら、俺は本気の恋愛をしたことがない。

降矢の名と社会的地位、そして他人から見ると人並み以上に整っているらしいこの容姿を目あてに近寄ってくる女性たちにさんざんアクセサリー扱いをされてきたせいで、基本的に女性は苦手なのだ。そうなる過程で、恋をする器官も一緒に退化したと思っている。

だからこそ、偽装結婚を望んだはずだった。

しかし、真智がほかの女性たちとまったく違うのも、また事実で……。

「あっ。お風呂ですか？　すみません、今終わったのですぐどきます」

寝る前にシャワーを浴びようとバスルームへ続くドアを開けたら、洗面所で歯を磨いていた真智と鉢合わせた。ちょうどうがいを終えたらしい彼女が、慌てて濡れた口もとにタオルをあてる。

眼鏡をはずしたすっぴんの顔はあどけなく、ゆったりとしたコットンのルームウエア姿に無防備な魅力を感じる。この姿をほかの男に見せたくないと思うのは、やはり嫉妬なのだろうか。

「真智」

自分の気持ちを確かめたくて、俺の脇を通り過ぎようとする彼女を呼び止めた。

「はい」

顔を上げ、きょとんと目を丸くする彼女は隙だらけだ。それを愛らしく感じるのも、どこか危なっかしいと焦れったくなるのも。

もしかしたら、俺は本当に彼女を――。

無言で彼女の小さな顔を両手で包み込んだ俺は、ゆっくり顔を近づけてふっくらとした桜色の唇を奪った。

さっきまで歯磨きをしていたからであろう、清涼感のあるミントの香りが鼻孔をくすぐる。

唇を重ねたまま薄っすらと目を開けると、驚いたように瞬きをしていた真智がやがて観念したように目を閉じる。

同時に俺のシャツをキュッと掴んだその仕草に胸を掴まれて、一度だけにしようと思っていたはずの口づけを、終わらせたくなくなってしまった。

離した唇をまた重ねて、音を立てて吸ったり食んだりする。

「んっ……りゅ、いち、さん……?」

俺の名を呼ぶ真智の声は、余裕なく上擦っていた。

それすらも食べてしまいたい思いに駆られて、洗面所の壁にトンと彼女の背を押しつけ、さらに深いキスをお見舞いする。小さな口の中に差し入れた舌であちこち探ると、最初こそ感じていたミントの清涼感はすぐに消え去り、真智自身の味が舌を伝って頭の芯に届いた。

「ふぁ……待って、くださ……っ」

理性が崩れてしまいそうなほど甘ったるい。

「待てない」

こうまでひとりの女性を求めたのは初めてで、自分でもブレーキのかけ方がわからない。

頭の中が真智一色に染まりかけていたその時、彼女の切なげな瞳と目が合う。

「あの、また……出来心、なんですか……？」

顔を真っ赤にし、乱れた呼吸で肩を上下させながら真智が問いかけてくる。

そんな彼女を見ているだけで、苦しいほど締めつけられるこの胸にあるのは……決して出来心なんかではない。――しかし。

「それ以外になにがある？」

目を細め、できるだけ温度のない声で告げる。

真智に本心を告げるわけにはいかない。自立した偽装夫婦の関係を望む彼女に、こんな本能剝き出しの醜い心の内をさらけ出したら、彼女は離れていってしまうだろう。

それだけは、なんとしても避けたい。

「そう、ですよね……。すみません、わかりきったことを聞いて」

とくに傷ついたそぶりもなく微笑んだ真智に、俺は少なからず落胆した。自ら突き放したくせに、なんて勝手なんだろう。ひとりよがりな自分に嫌気がさす。

「先に休みますね、私」

黙っている俺に痺れを切らすように、真智がそう言った。キスした時の熱に浮かされた反応が嘘のように俺の腕をすり抜け、廊下へつながる扉に手をかける。

「おやすみなさい、龍一さん」

「ああ。……おやすみ」

真智が出ていくと、扉に背を預けて前髪をかき上げ、深いため息をついた。正面の鏡に映る自分は、何事もなかったかのように涼しい顔をしている。

本当は引き留めて抱き寄せたかったくせに……。

鏡の自分に対してそう毒づいてみても気は晴れず、俺は真智への想いを持てあますばかりだった。


この恋心はこれ以上成長させてはいけない。そんな思いから、俺は家で真智と顔を合わせないよう、会社にいる時間を増やした。

朝は真智が起きる前に出ていき、彼女が寝静まった頃に帰宅する。顔を見なければ心の安寧は保たれたが、そんな生活を三週間も続けた頃、とうとう真智につかまってしまった。

いつも〇時前には就寝している彼女が、その日は起きて俺を待っていたのである。

「風呂に入るから先に寝てていい」とバスルームに逃げ込んだのだが、わざと長風呂をしたにもかかわらず、真智は律儀に俺を待っていた。

観念して、彼女の座るソファに俺も腰を下ろす。

「龍一さん、あの、ご相談があって……」

「相談？　なんだ？」

「来週の金曜日、同期の忘年会に誘われているんです。大人数の会ですが中には男性社員もいるので、龍一さんの許可を得てから行こうと思いまして……もちろん、ダメと言われれば欠席します」

同期の忘年会……ということは、以前食堂で見かけた男もいるのだろう。

初めて一緒に酒を飲んだ研修の時、俺よりずいぶん少ない酒量で酔っていた彼女の姿を思うと、行かせたくない。

もともと嫉妬深い婚約者を装っているのだから、ひと言『行くな』と言えばいいだけだが、今の俺は本心から嫉妬しているので逆に言い出しづらい。

俺の想いが透けて見えてしまったら、真智はどんな反応をするのか。情けないことに、それを知るのが怖かった。

「俺のことは気にせず、気晴らしに行ってくるといい」

理解ある男のフリをして、微笑んでみせる。

真智は少しの間を置いて、「わかりました」とうなずいた。

師走に入ってちょうど初日が、飲み会の当日だった。

真智が飲み会に出かける件はずっと頭の片隅に引っかかっていたが、今さらどうしようもない。真智が家にいないのならたまには早く帰ってくつろごうと、七時頃に退社した。

エントランスの自動ドアを出てすぐ、冷たい冬の空気に頬を刺されて肩をすくめる。

「おーい、待て待て、降矢」

出入口から外に出てすぐ、俺を呼び止める懐かしい声がした。立ち止まって振り向くと、真智の上司で俺にとっては大学の先輩でもある石狩さんが、片手を上げて歩み寄ってきた。

「お疲れさまです。俺になにか？」

「別に取り立てて用があるわけじゃねえけどさ。たまには一杯どうかと思っただけだ」

石狩さんが気のいい笑顔を浮かべて俺を誘う。一見強面（こわもて）だが、中身は人好きで面倒見のいい人なのだ。会社の後継者である俺に遠慮して距離を置く社員が多い中、お互いの立場など気にせず気楽に接してくれるのもありがたい。

「いいですね。付き合いますよ」

「よし、決まりだ。ちなみに羽澄は？」

「同期の飲み会があるとかで」

「そうか。じゃ、たっぷりのろけ話でも聞かせてもらおうかね」

冷やかすようにそう言った石狩さんが、俺の肩を掴んで揺らす。

この人は、俺たちが偽装の関係であることを知らない。つまり、俺が現在の心境を包み隠さず告げたとしても、なんの問題もないわけだ。後で真智本人の耳に伝わったとしても、彼女は俺が演技をしていただけだと思うだろう。

真智への膨張しきった想いを吐き出す相手として、これ以上の適任はいない。

「望むところですよ」

会社から歩くこと数分、石狩さんがスマホで検索したダイニングバーへと入店した。酒だけでなく料理も充実しているようで、レンガ風の壁にかけられたブラックボードに、手書きでメニューが書かれている。

金曜の夜とあって、店内のテーブル席はほぼ満席。店の奥にはいくつか個室もあるらしいが、俺と石狩さんは空いていたカウンター席に並んで腰を下ろした。

「じゃ、乾杯な」

「ええ、お疲れさまです」

料理を頼んだ後、男ふたりで静かにウイスキーの入ったロックグラスを合わせる。

「それで、羽澄との生活はどうだ？　アイツが家でかいがいしい妻を演じる姿は想像がつかないが」

「俺は別にかいがいしい妻を求めてるわけじゃないので、彼女は家でもいつも通りですよ。暇さえあれば本かパソコンを開いています」

真智の上司である石狩さんには簡単に想像できたのだろう。彼はおかしそうに肩を揺らして笑った。

「アイツらしいな。最近、開発部でもますます仕事の鬼と化してる。なんでも、終売になった過去の商品を、別の形で生まれ変わらせたいとかで」

終売と言われて真っ先に頭に浮かんだのが夢望だ。開発者に礼を伝えてくれと言うほど、真智はあの商品を気に入ってくれていたから。

「その商品はいったいどんな……」

「ああ、名前はど忘れしたが、こう、星がキラキラしてるシャーペンで……」

石狩さんの言葉に、胸が一度大きく波打つ。

まさか、真智は本当に夢望を生まれ変わらせようと？

インターンの分際で企画が採用されたことに有頂天になっていたら、そのうち大量のクレームが届いて販売停止に追い込まれた夢望。まだ学生だからと俺は責任を負わずに済んだが、それも含めなにもできない自分が悔しいばかりだった。

御曹司だからと侮られることのないよう、誰にも文句を言われないよう、未熟な自分を変えたい。ただひたすら勉強し、経験を積み、実力をつけなくては。その頃からそう思うようになったので、夢望という商品が後味の悪い末路をたどったことは、ある意味よい転機だった。

いつか夢望に代わる商品を、再びスパーシルが生み出す。そんな野望を秘めつつも、とりあえずは目先の仕事に真摯に向き合い、次期社長の肩書きに恥じない人間になる。それが当面の目標だった。

真智はそんな俺の胸中など知る由もないのに、偶然にも俺と同じ夢を思い描き、実現させようとしているのか……？

俺の頭の中に〝運命〟のふた文字が浮かぶ。

恋愛に興味のなかった頃は陳腐だとしか思わなかったそのフレーズが、今、俺の胸を信じられないくらいに熱く震わせている。

彼女はやはり俺にとって特別な、運命の相手なのではないかと。

「商品名は、夢望……ではないですか？」

「そうそう、それだ。よく覚えてるな」

「当然です。開発したのは俺だったんですから」

このことは、あまり口外しないよう父から言われていた。

夢見は一時的にブームをつくった商品とはいえ、終売に追い込まれた過程を考えると手放しにいい商品だったとは言えない。いずれ会社を背負う俺がその開発者だと知られるのは得策ではないと考えたのだろう。

しかし、いつまでも隠している方がおかしい。開発に失敗はつきものであるし、それを乗り越えさらなるヒット商品を生み出す企業こそ、スパーシルの目指す姿だ。

「そうだったのか……。当時の俺はまだ新入社員だったが、学生たちの間で一大ブームが起きたのは覚えてる。星がキラキラするせいで授業に集中できないやつはどうせほかのちょっとした刺激でも集中できないんだから、当時のクレームは言いがかりだったと俺は思う。しかし、羽澄はそのあたりもクリアした商品を考えているらしい」

「そうですか。楽しみですね」

早く真智本人の口から、その話を聞きたい。家にいる時間を短くしていたのは自分であるにもかかわらず、今は彼女が瞳を輝かせながらその話をしてくれる機会を待つのが、楽しみでたまらない。

「ああ。とはいえ、最初の企画書出してきたらぶった切ってやるつもり満々だけどな」

「真智は、それでも食らいついてくるでしょう?」

「ああ。自分のやりたい企画にはどんなにダメ出しされても噛みついて離そうとしない、スッポンみたいなやつだ」

石狩さんの言葉でスッポンのコスプレをした真智が頭の中に浮かんで、思わずクスクスと笑った。俺はどうやら酔っているらしい。自分の妄想が生み出した彼女の姿まで、かわいいと思ってしまうのだから。

「……お前がそんな顔をして笑うとはな」

石狩さんが、興味深そうに俺の顔を覗く。俺が女性に対してドライな姿勢を貫いてきたのを知っているから、物珍しいのだろう。

気恥ずかしいのを笑ってごまかしていたら、カウンターの向こうから肉料理やパスタなどの料理が届く。ふたり分のウイスキーを追加注文し、皿に料理を取り分けた。

「酔ってるついでに野暮なこと聞いてもいいか?」

「野暮?　なんですか?」

「お前らわりと体格差あるけど、夜の生活に不都合ねぇの？」

咀嚼していたパスタが気管に入り、ごふっとむせた。

……本当に野暮なことを聞く人だ。俺たちはまだ、そこまでの間柄に至っていないというのに。いがいがとする喉をウイスキーで潤し、石狩さんを睨みつける。

「余計なお世話です。というか、そんな質問が出てくるということは、俺たちの一夜をほんの少しでも想像しましたよね？　即刻やめてください」

「そ、そんなに怒ることないだろ」

「怒るに決まってます。まったく……」

真智の裸を想像されたかもしれないと思うと、たとえ石狩さんでも許せない。俺は飲み干したグラスをガツッとカウンターに置くと、唐突に席を立った。

「おい、悪かったって。どこ行くんだ」

「トイレですよ」

質問に答えるのすらわずらわしいというように吐き捨てる。会社内では俺の方が立場は上とはいえ、学生時代の先輩である石狩さんに取る態度ではない。

少し頭を冷やさなくては……。

フロアの喧騒から離れ、トイレの案内表示を頼りに奥まった通路を進んでいたその時だった。
「なぁ、羽澄、一個だけ教えてくれ」
トイレへ続く角の向こうから男の声が聞こえてきて、ぴたりと足を止めた。
羽澄って……偶然か？　それにこの声、聞き覚えがあるような……。
記憶をたどっている間に、男がさらに言葉を重ねた。
「このまま専務と結婚して、後悔しないのか？」
ドクン、と鼓動が重い音を立てた。……たぶん、気のせいではない。
角の向こうにいるのは、真智とあの男だ。まさか、同じ店で飲んでいたなんて。
しかし、今の質問はいったいどういう意図で……？
ふたりの会話が気になり、足音を殺して角の方へ近づいていく途中。
「後悔……するかも、しれないね」
ぽつりと、真智の気弱な声がした。
聞き逃してしまいそうなほど微かな声だったのに、彼女の声ならきちんと拾う自分
勝手な聴覚を恨めしく思う。
真智は、俺と結婚したら後悔するかもしれないと……そう思っているのだ。
石狩さんとの会話や酒のおかげで心地よく温まっていた心が、急速に温度を失って

いく。

「でも、しょうがないよ。自分で選んだことだもん」

続けて、やけに明るい声でそう言った真智。

俺は居たたまれなくなり、静かにその場を離れた。自立した関係を築こうと言いながら、その約束を破って束縛しようとしたり、強引なキスをしたりする俺に、真智も愛想がつきかけているのだろうか。

そのこと自体にも傷ついたが、それをあの同期の男の前で吐き出していたことに、嫉妬心があふれる。

こちらから婚約破棄をして、彼女を自由にさせてやるべきなのだろうか。

いや、できない。今さら真智を手放すなんて、そんなこと……。

ぐちゃぐちゃに乱れた感情のまま、石狩さんの待つ席へと戻る。なにげなく俺を一瞥した彼は、一度はカウンターに戻した視線を再度俺に向けた。

「おい、大丈夫か降矢。目が充血してるぞ。そんなに飲みすぎたっけか……？」

「すみません、先に帰らせてもらおうかと」

「ああ、それはかまわないが……さっき俺が変なこと言ったせいなら申し訳ない。会計は気にすんな。お前、たいして飲み食いしてないし」

「石狩さんのせいではありませんよ。お気遣いありがとうございます。誘っていただいてうれしかったです。では」

うまく笑えた自信はないが、精いっぱい口角を上げて石狩さんに頭を下げた。店を出て、酔いを覚ますために自宅とは別方向へとあてもなく足を進める。

十二月を迎えた街はどこもかしこもイルミネーションの明かりが灯っていて、目にも鮮やかだ。

ついさっき、真智の本心を聞くことがなければ、クリスマスは彼女と楽しく過ごしたかったと思う。真智が盛大に恐縮するであろう高価なディナーを予約して、プレゼントをいくつも用意して……。

そんなことを考えながら、通り過ぎるいくつもの店のショーウィンドウを、ぼんやりと眺める。その途中でたまたま見かけたクリスマスツリーに、真智の好きな流れ星をかたどったオーナメントが飾られているのを見つけた。

「流れ星……」

ただそれだけで脳裏に真智の顔が浮かび、胸が締めつけられる。

これほどまで彼女に心を占領されるようになったのは、いつからだっただろう。

初めてその存在を認知した倉敷研修の時は、まじめで勤勉な社員だという印象しかなかったはずなのに。

軽く思いを巡らせてみるが、おそらく明確なきっかけがあるわけではない。マンションで生活をともにするうち、仕事や勉強だけでなく俺という人間にもひたむきに向き合ってくれる彼女が自然と心に入り込み、存在を広げていった。

デートの決まり事すらメモ帳に書き記すほど健気で努力家。そのくせ恋愛についてはまったく無知で、すぐに頬を真っ赤に染める初心(うぶ)な反応が愛らしい。

その顔を見せるのはこれまでもこれからも俺ひとりにしてくれと、今では毎日のように懇願したいくらい、彼女に惚れ込んでいる。

……やっぱり、彼女をあきらめることなんてできない。今からでも、真智との関係を変えることができるのではないだろうか。

そう思ったのと同時に、ショーウィンドウに映る自分の瞳に、光が戻ってくる。

来年俺がシンガポールに渡るまで、あと四カ月。その間に、なんとしても真智の心を手に入れるのだ。

強い決意を抱いたその時、ポケットの中でスマホが震える。

取り出してみると、受信したのは真智からのメッセージだった。

【二次会もあるそうなんですが、疲れちゃったので帰りますね】

文章の最後に眼鏡をかけたパンダがぐったりしているスタンプが添えられていて、思わず口もとがほころぶ。すぐに指を動かして返信を打った。

【今、外にいるから迎えに行く。俺も飲んでしまったから徒歩だが】

真智と親しいあの男、または別の男性社員が彼女を送る事態は避けたい。

そんな独占欲もあったが、単純に彼女の顔が見たかった。

【ありがとうございます！　じゃあお店の周辺地図を送りますね】

地図などわざわざもらわなくても、今までそこにいたのだから知っている。

なんて言ったら、まるで彼女を監視していたようなので、あえてその事実は伏せる。

そして彼女から送られてきた地図は見ずに、来た道を引き返し始めた。

基本的に人見知りの私は、同期の飲み会でもあまり周囲のノリについていけず、ひとりでちびちびとお酒を飲んでいた。小峰さんや霜村くんも参加しているが、彼らは常に話題の中心にいる。

龍一さんが反対してくれれば来なかったのに……なんて勝手なことを思い、自己嫌悪になった。

幸い料理のおいしいお店だったので、皆の会話に笑って相づちをうちつつ食事を楽しむことに徹して、およそ一時間。私はひとりでトイレに立った。

用を足し、軽くメイクを直して個室に戻ろうとしたら、トイレの外で霜村くんが立っていたので驚いた。男子トイレは反対方向なのに。

「霜村くん、どうしたの？」

「……いや、小峰にけしかけられて、さ」

「けしかけられた？」

彼らしくない歯切れの悪い言い方に、どことなく嫌な予感を抱く。小峰さんにけしかけられたということは、もしかしてまた例のテストでカンニングをしたという話じゃないだろうか。思わず体を固くしたその時だ。

「俺、好きなんだ、羽澄のこと」

短く息を吸ってから、まっすぐこちらを見すえて霜村くんが言った。

「えっ？」

霜村くんが、私を……？

予想だにしなかった発言に、目を瞬かせる。たしかに彼はいつも親切にしてくれるが、それは彼自身の人柄によるものだと思っていたから。

「だから、やっぱり納得できないんだ。専務との婚約のこと」

唐突に龍一さんの話が飛び出し、ドクッと心臓が跳ねた。

霜村くんにも交際期間は二年という話をしたし、偽装の関係だとはバレていないはず。そう思っていたのに、どうして……。

「俺は羽澄が幸せならそれでいいって思ってたんだ。でも小峰は、前から付き合っていたなんて嘘っぱちで、研修の時の成績でお前が結婚相手に選ばれたんじゃないかって言うんだ。それで俺も、あの日の記憶をよく思い出したらさ……やっぱり、あん時の羽澄と専務が付き合っていたようには、どうしても思えなくて」

そういえばあの研修の時、霜村くんは突然龍一さんに誘われた場面をすぐそばで見ていた。あからさまに動揺する私の様子も。

本当は、このまま嘘をつき通した方がいいのかもしれないけれど……正直に自分の気持ちを伝えてくれた霜村くんを、これ以上騙し続けたくない。

下唇をキュッと噛んでから、私は意を決して顔を上げた。

「誰にも言わないって、約束してくれる？」

「ああ。ってことは、やっぱり……」

「厳密に言えばテストの成績だけで選ばれたわけじゃないけど……二年も付き合ったとかそういう話は後付けなの。お互いの利害を考えて、偽装夫婦になろうって約束で」

「偽装夫婦？」

眉根を中央に寄せた霜村くん。私はこくんとうなずいて、小さく笑った。

「私にとっても悪くない話だったからうまくやれると思ったし、実際、最初はうまくいっていたの。でも、私が……」

誰にも話したことのない心の内を明かすのは、勇気がいった。口にしたら、余計に龍一さんへの想いがあふれてしまいそうな気もした。

「好きに……なったんだな。専務のこと」

言葉を継がない私を見かねたように、霜村くんが呟いた。無言で首を縦に振ると、彼はふっと笑う。

「そうか。好きになっちゃったもんはしょうがねえな」

「ごめんなさい……」

「謝るなって。先手打っとかなかった俺がバカなんだし」

明るく笑ってくれた霜村くんに救われる。それから彼は不意にまじめな表情になり、私に一歩近づいた。

「なぁ、羽澄、一個だけ教えてくれ」

彼がそう言った瞬間、微かに通路の床が軋む音がした。誰かがトイレを使いたいなら、道を空けなければ。頭の片隅でそう思いつつも、霜村くんの話に耳を傾ける。

「このまま専務と結婚して、後悔しないのか？」

とがめているというより、心配しているような口調だった。

龍一さんへの気持ちを自覚してから、私もそのことは何度も考えた。

いくら私が本気で彼を好きになろうと、偽装結婚の未来は変わらない。周囲の人間の前でだけ仲睦まじくする、仮面夫婦のような関係が待っている。

今はまだ、恋愛に不慣れな私への訓練として、極力愛情があるかのように龍一さんも振る舞ってくれているけれど……それもきっと最初のうちだけ。

つらくなるのはわかりきっている。

「後悔……するかも、しれないね」

霜村くんには嘘をつけず、正直な胸の内を告げる。

すると彼がいっそう険しい顔になったので、私は明るく微笑んでみせた。

「でも、しょうがないよ。自分で選んだことだもん」

そう言った直後、先ほど感じた人の気配がどこかへ消えていくのを感じた。たまたま通りがかっただけの店員だったのかもしれない。

「羽澄……」

「それに、後悔するかもしれない確率って、普通の結婚とほとんど同じじゃないかな。うちの親がまさにそれで、好き合って結婚したはずなのに、かなり後味の悪い離婚してるの」

だからこそ、偽装結婚の話に乗ったはずだった。姉にも、本気にはなるなと忠告されていた。これは恋じゃないって、何度も自分を騙そうとした。

だけど、龍一さんと一緒に暮らしている状況で気持ちを抑えるなんて到底無理な話だった。顔を見られただけでうれしいし、会話をすると心が弾む。彼にもらったネックレスを着けるだけで、胸がドキドキする。

理屈では抑えきれないそんな気持ちこそが恋なのだと、今では認めるしかなかった。

「愛し合って結婚してもダメになる夫婦がいるのなら、私は今の自分の気持ちを大事にしたい。少しでも長く、彼と一緒にいたいの。そう思うのってダメかな……？」

自分で出した結論だけど、正しい自信はない。恋愛というものをちゃんと知らない人間が、ただ理想論を語っているだけなのでは？　そんな思いも拭えなくて、床に視線を落とす。

「世間的にはどうか知らないけど、俺だって、未練たらしく人の婚約者を想い続けてた身だから人のことは言えない。……ま、いいんじゃねぇの？　自分に嘘つくよりは」

顔を上げると、霜村くんらしい人の好さそうな笑みが降り注いだ。

『ま、いいんじゃねぇの？』とあえて軽い言葉を使ってくれたことにも不思議と救われる思いがした。

「霜村くん……」

「専務だって気が変わらないとも限らないし、とりあえず、一緒にいられる時間を大事にして、偽装夫婦脱却に向けてがんばってみろよ。それでもダメなら、同期として慰めてやるから」

「ありがとう……。やってみるね」

龍一さんの気が変わるなんて奇跡、たぶん確率的にはかなり低い。

だけど、恋愛初心者の私にできそうなことなんて、彼の言ったように一緒に過ごす時間を可能な限り大事にする、それくらいしかないのも事実だ。

彼がシンガポールへ発つまでの四カ月間、とりあえずがんばってみよう。

二次会の誘いを断ってこれから帰る旨を龍一さんにメッセージで送ったら、店の前まで彼が迎えに来てくれることになった。

これからカラオケに向かうらしい同期たちに手を振っていると、突然集団を離れたひとりが私のもとへ近づいてくる。ふわりと波打つ長い髪に、お酒を飲んだにもかかわらず、少しも混じりっ気のない甘いバラの香り。

小峰さん……。

反射的に身を硬くすると、彼女は私の目の前で腕を組み、鋭く目を細めた。

「本っ当にしぶといわねあなた」

「し、しぶとい？」

「そうよ。どんなに殺虫剤をかけても死なないゴキブリみたい」

ご……ごき……。

その極端な例えを聞く限り、相変わらずとことん嫌われているらしい。

「い、嫌みを言いに戻ってきたの？」

「そんなわけないでしょ。宣戦布告しに来たのよ」

宣戦布告……？　あきらかに穏やかではない言葉に身がすくむ。

小峰さんはフンと鼻を鳴らして髪をかき上げ、不気味なほど美しい笑みを浮かべた。

「霜村くんを使った作戦は失敗に終わったけど、私はまだあきらめてない。あなたと専務の結婚、絶対に阻止してみせるから」

霜村くんを使ったって……まさか、そのために彼を私のもとへけしかけたの？

私と龍一さんの仲を壊すためだけに、彼の純粋な好意を利用しようと？

カンニングの件といい、やり方が少し汚くないだろうか。

「直接私に文句を言うのはいいけれど、嘘を言ったりほかの人を巻き込むのは――」

遠慮がちに反論しかけたその時、小峰さんの表情がパッと明るくなる。

その目は私を飛び越えて、背後に注がれている。

「お疲れさまです、専務～！」

声を一オクターブ高音にした小峰さんが、私の背後へと移動する。振り向くと、私を迎えに来たのであろう龍一さんが近づいてきたところだった。

「真智、待たせたな。帰ろう」

「もう帰っちゃうんですか？　せっかくですから、三人でお酒でもどうです？」

にっこり笑ってそんなことを言ってのける小峰さんに驚愕する。

さっき私を〝ゴキブリ〟と表現していたはずだが、ゴキブリと一緒にお酒が飲めるというのだろうか。私ならごめんだ。

「いや、遠慮しておくよ。普段忙しくて、あまり彼女との時間が取れないんだ。たまには真智を甘やかしてやろうと思ってね」

肩に伸びてきた大きな手が、私の体をぐっと引き寄せた。小峰さんのことは龍一さんも警戒していたので、言葉や態度であえて過剰にアピールしているのだろう。それがわかっていても、心臓は早鐘を打つ。小峰さんの頬がぴくっと引きつった。

「それは失礼しました。それじゃ羽澄さん、話の続きはまた今度」

「う、うん……お疲れさま」

まだ続きがあるの？

内心そう思ったものの、これ以上なにか言って事を荒立てたくもないので、立ち去っていく小峰さんを静かに見送った。

彼女の姿が見えなくなると、龍一さんがふうっとため息をつく。肩を抱いていた手で今度は手をつなぎ、歩き出しながら私の顔を覗いた。

「大丈夫か？　彼女になにか言われていたんだろう」

「はい。あの……私たちの結婚を阻止するって。それと彼女、私たちの関係が偽装だというのも、察しがついているみたいで……どうしましょう？」

「それならちょうどいい」

「えっ？」

龍一さんのさっぱりした口調に、心許ない気持ちが押し寄せる。そこまで疑われているのなら、この際婚約は破棄しよう――なんて言われるんじゃないかって。

「真智」

「は、はい」

「今日から、本物の婚約者になろう」

「ほん、もの……？」

言葉の真意がくみ取れない。小峰さんが疑っているから、本物を〝演じる〟ということだろうか。それだと、今までとあまり変わらないけれど。

「手始めに、今日から同じベッドで寝るか」

「わかりまし……えっ⁉」

彼と握り合っている手に、変な汗をかいてしまう。同じベッドで寝るって、つまり、寝るというのは比喩で、夜の営みに誘われている……？

「当初の約束と違うのでは……？」

「たった今状況が変わっただろう。真智は嫌か？」

「い、嫌ではありませんが……前もお話しした通り、私は男性経験がまったくないわけでして……」

話しているだけで、頬に熱が集中する。龍一さんはしどろもどろな私を見て、ぷっと噴き出した。

「そう警戒するなよ。文字通り、一緒に寝るだけだ」

えっ？ ということは、裸で抱き合うアレの話をしていたわけではない……？

自分の勝手な勘違いにますます恥ずかしくなり、ごまかすように笑う。

「そ、そうでしたか！ それなら、まあ……」

絶対に緊張するし、眠れる自信もない。だけど、龍一さんと一緒にいられる時間は大切にしようと決めたのだ。彼の寝顔を見て、思う存分ドキドキするのもいいかもしれない。

「……よかった」

「えっ？」

「いや、まずは第一関門突破だなと思って」

「第一関門？」

まったく意味がわからず首をかしげるが、龍一さんは微笑むだけ。その優しげな横顔に、私の胸は性こりもなくときめきを覚えた。

――文字通り、一緒に寝るだけ。

その言葉の認識が、龍一さんと私とでは、まったく違った。

「あのう……」

「ん？　どうした？」

甘いかすれ声で聞かれると、言おうとしていた言葉が喉の奥へと引っ込む。

飲み会から帰宅した私は現在、なぜか龍一さんのベッドの上で、彼の腕に抱かれている。

当初は恥ずかしいから遠慮がちにベッドの端にお邪魔したというのに、龍一さんに『おいで』と呼ばれてじりじりとそばに寄ったら、そのまま抱きしめられてしまったのだ。

自分の鼓動がうるさくて、龍一さんにまで聞こえてしまいそう。

「朝までこのままですか……？」

「嫌か？」

「い、嫌というわけじゃなく……緊張で、寝られなそうで」

好きな人をこんなに近くに感じられることがうれしい気持ちもあるけれど、朝までとなると絶対に心臓が持たない。だから解放してほしいのに、龍一さんはますます腕に力を込めて、ふっと笑った。耳に息があたってくすぐったい。

「かわいい」

内緒話のようにささやかれて、ただでさえ熱い頬の温度がさらに上がった。

練習だと称した甘い言動は今までもあったけれど、今日はそれがさらにレベルアップしている感じだ。

「これが〝本物の婚約者〟……ですか？」

彼の胸にくっついていた顔をおずおず上げて尋ねる。眼鏡をかけていなくても表情がわかるくらい近くに彼の顔があって、しかもその眼差しがとろけそうに甘いので、視線が絡んだだけで鼓動が暴れる。

「いや、まだまだだ」

「ま、まだまだ……？」

「ああ。真智の様子を見ながら、先へ進む。例えば――」

不意に伸ばされた彼の指先が、私の下唇をふにっと押す。

「出来心じゃない本気のキス、とか」

ゆっくりと滴る蜜のような、甘い声。

龍一さんが醸し出すあまりの色気に、心臓も呼吸も一瞬止まりかけた。

でも、出来心じゃないキスって、いったいどういう……？

「……試してみるか？」

唇を押していた指が、今度は左右に動く。彼の本気と私の本気はきっと違う。このまま流されたら、傷つくのは自分。

心の中でもうひとりの自分がそう言っているのに、私はまるで催眠術にかかったみたいに、こくんとうなずいていた。龍一さんが顔を傾け、長いまつげを伏せる。

もともとわずかしかなかった私たちの距離が、一瞬でゼロになった。やわらかい唇の感触に、鼓動が速まる。

とても長くて……けれど、とても優しいキスだった。

龍一さんが好きだと、叫び出したいほどに思う。

「もっと。次は、俺の目を見て」

一度唇を離した彼が、息のかかる距離で言う。

目を合わせながらキスするなんて恥ずかしい。

けれど、龍一さんにささやかれると、私はどうしてか言いなりになってしまう。

薄っすらまぶたを開けると、彼の情熱的な眼差しに視線をからめとられて、そのまま何度も唇を塞がれる。

吐息まで食べられてしまうようなキスに、頭の芯がジンと痺れる。

「……今日は、これくらいにしておくか」

「こ、これくらいって……私、窒息しそうですけど……」

荒い呼吸を繰り返す私を、龍一さんがクスクスと笑う。彼の薄い唇はまだキスの名残で濡れていて、とても淫らだ。

なにも知らない私でさえ、変な気分になる。体の芯がじりじりと疼くような……。

「おやすみ、真智。続きはまた次回」

「お、おやすみなさい」

龍一さんはすっかり冷静に戻ったようだが、その腕は私を抱きしめたまま。

私はいまだ冷めやらない体温と激しく鳴る鼓動に耐えながら、心の中で『次回っていつですか……？』と問いかけた。

クリスマスイブの前日、土曜日の夜。会社は休みだがどうしても今日中に仕上げたい企画書があり、ひとりでステーショナリー開発部のオフィスに出勤した私はパソコンの画面を睨んでいた。

すでに二度、石狩さんのチェックを受けていたが詰めが甘く修正指示が入り、これが三度目の正直になる。今度こそ企画に穴がないか最終行までじっくり読み込むと、ふうっと息をついてカーソルを先頭ページに戻した。

【夢望の姉妹商品・夜光鉛筆『夢叶(ゆめか)』についての企画書】

来週、今年最後の企画会議がある。そこでこの夢叶の商品化を決めて、年明けから実際に動き始める。さらに理想を言えば、龍一さんがシンガポールへ行ってしまう前に試作品の第一号ができあがればと考えている。

前々から温めていた企画だが、このタイミングで進めたいのには理由があった。

『そういや、前に製造中止になった商品でお前がリベンジに燃えてるやつ、あれ、学生時代の降矢が開発したものだったらしいぞ』

同期の忘年会があった翌週、石狩課長からそんな話を聞かされた。

言われてみれば、彼は夢望の開発者を知っていると言っていた。まさか本人だとは思いもよらず驚いたけれど、それ以上に胸に込み上げる感動があった。

私がスパーシルに入社するきっかけをつくったのは、龍一さんだったのだ。お礼を伝えるべき相手は、すぐ隣にいた。

石狩課長は龍一さん本人にも、私が姉妹商品を作ろうとしている話をしたらしい。その時の彼が、課長にはとてもうれしそうに見えたのだとか。

まだ企画が通ったわけではないので私からは直接伝えていないが、会議がうまくいった暁には一緒に喜びたいなと今から楽しみにしている。

本当は龍一さん自身、夢望に代わる新しい商品を生み出したかったかもしれないけれど、次期社長という忙しい立場上それは難しい。だからこそ、私たち社員がいるのだ。龍一さんが思い描くビジョンをくみ、きっと形にしてみせる。

その一心で、今日までのおよそ三週間、トライアンドエラーを繰り返しながら企画書を何度も練り直した。

その結果、部屋を暗くした時にだけ流れ星の柄が光る夜光鉛筆、夢叶が生まれた。

夢望のコンセプトを引き継いでいるだけでなく、会社全体で推し進めている環境に配慮した商品のひとつでもある。

一見、シャープペンシルの方がふさわしく思えるが、鉛筆も原材料によってはエコな商品になりえる。

今回目をつけたのは、森林の育成過程で間引かれる間伐材。割り箸やつまようじなどにも利用されるが、用途がなければ燃やされてしまう木材だ。

実現させるには森林を育てている自治体、森林組合などの協力が不可欠なので、全国各地からいくつかの産地と組合の名をピックアップし、企画書にリストをのせた。

それから、一時はクレームにつながってしまった夢望のキラキラ感。勉強に差し支えない範囲で夢を叶える流れ星を表現するにはどうしたらいいのだろう……。

悩んで悩んでいきついた先が、夜光鉛筆だった。昼間の明るい部屋はもちろん、夜でも照明をつけていれば、シンプルな筆記具として使える。それから勉強を終え、ペン立てに差して、眠るために部屋の電気を消す。その時だけ、持ち主の努力をねぎらうように、そして応援するように、鉛筆が光るのだ。

本物の流れ星が暗い夜のほんの一瞬だけしか輝けないのと同じように、夜眠る前の短いひととき、輝きを持つ。

その特別感をきっとたくさんの人が気に入ってくれる——。

パソコンの電源を落としてうーんと伸びをする。目に入った壁の時計は九時前を示していた。月曜日にすぐチェックしてもらえるよう、印刷した企画書を石狩課長のデスクに置く。

帰り支度を済ませてから思い出したようにスマホを見ると、龍一さんからたくさんのメッセージが入っていた。

今日の彼は昼間会食の予定が入っていたようだが、夜は家にいたはず。なかなか帰らない私を心配してくれていたとしたら申し訳ない……。

【まだ会社か？】

【土曜出勤もだが、残業もほどほどに。迎えに行くから終わり次第連絡してくれ】

【心配なので会社に向かう】

案の定、かなり心配をかけてしまったようだ。しかも、もう家を出たらしい。

メッセージが送信されたのは十分前。あのマンションは会社に近いので、すぐに到着してしまうだろう。

急いでエントランスに下りた頃には、すでに龍一さんの姿があった。スーツの上に羽織ったグレーのステンカラーコートのシルエットが美しい。

「お待たせしました……！」

「まったくだ。……心配をかけて」

ため息交じりに苦言を呈した彼が、駆け寄った私を静かに抱きしめた。時間が時間なのでエントランスに社員の姿はないが、離れた場所に警備員が立っている。どうか見ないでと思いつつも、龍一さんの腕の中で甘い気持ちになる。

本物の婚約者を目指すと言われてすぐの頃はスキンシップに動揺するばかりだったけれど、あれから添い寝が習慣になっているので、今では安心感すら覚える。ここが私の帰る場所なんだなって。

もちろん、彼の方がどう思っているのかはわからないけれど……今はこうして一緒にいられるだけで満足だ。

「きみのことだから、仕事に夢中でなにも食べていないんだろう？　食べやすいおにぎりと、豚汁を作ってある。明日はフレンチだから和食がいいかと思って」

体を離した龍一さんが、私の手を握る。彼と手をつなぐことにも、だいぶ抵抗がなくなった。

「ありがとうございます……！　実は、かなりおなかすいてたんです」

明日のイブは龍一さんが夕方からのデートを計画してくれている。今日の土曜出勤は、そんなご褒美が待っているからがんばれたのかもしれない。

エントランスから外に出るとかなり寒かったけれど、龍一さんとたわいのない話をしながらマンションまでの道を歩いているだけで、心は温かかった。


迎えたクリスマスイブ。

暗くなると同時に家を出た私たちは、龍一さんの運転で夜景の美しい湾岸をドライブした後、海のそばのラグジュアリーホテルへやって来た。

住んでいるマンションよりも高い六十七階にあるレストランで、見た目も味も極上のフレンチをいただいた。

窓から眺められる夜景もさることながら、タートルネックのニットにチェック柄ジャケットを合わせた、いつもよりおしゃれな彼がまばゆい。

ちなみに私は黒のレースワンピースにカーディガンを羽織っているが、ワンピースは家を出る前に龍一さんからプレゼントされたものだった。

残業疲れのせいか昼前に起きた私のもとに、ラッピングされた大きな箱を持った龍一さんがやって来て言ったのだ。

『メリークリスマス、真智。これはひとつめのプレゼントだ。今夜のデートでこれを着て』

包装を剥がして出てきたのは海外のハイブランドのロゴで、中身はワンピース。露出を抑えたとても上品なデザインで、落ち着いた色味も私好み。うれしくてすぐさまお礼を言ったけれど、彼の発言で少し気になる部分が。

『あの……ひとつめというのは？』

『真智になにを贈ろうか悩んでいたが、どうしてもひとつに絞れなかった。だからプレゼントしたいものは全部買ったんだ』

『えぇっ⁉』

家でそんなやり取りをした後、ドライブの途中で立ち寄った海辺の公園では、寒さをしのぐカシミアのマフラーをふわりと首に巻いてもらった。それがふたつめのプレゼント。

そして車に戻ったら助手席には真っ赤なバラをメインにしたクリスマスカラーの花束が置いてあり、立て続けに三つめのプレゼントももらってしまった。

私だってもちろん龍一さんへのプレゼントは用意してあるが、たったひとつだけ。

まったくつり合いが取れていなくて申し訳ないけれど、デザートを食べ終えコーヒーを楽しんでいるところで、彼に渡そうと決める。

「龍一さん、これ、プレゼントです」

「ありがとう。開けてもいいか？」

「はい」

　緊張気味に両手で彼に渡したのは、Ｂ６サイズの平たい箱。かなり悩んで決めたプレゼントだが、彼が気に入ってくれるかどうかはわからない。人によっては〝重い〟と思われる可能性もありそうなので、龍一さんが包みを開ける姿をドキドキしながら見守った。

「これは、手帳……？」

　箱から出てきたのは、コーヒーブラウンの重厚な革カバー。イタリアの高級ブランド製品なので、私にとってはかなり勇気のいる買い物だった。

　中身は彼の言うように手帳だが、ただの手帳ではない。

「3years――なるほど、三年手帳か」

「はい。ちょうど龍一さんがシンガポールにいる期間、使っていただけるようにと思いまして」

　離れている間も、私のことを忘れないでほしい……。そんな個人的な想いのこもったプレゼントであることまでは、さすがに明かせないけれど。

「ありがとう。片時も肌身離さず持っているよ」

まるで私の心を読んだかのように、彼が優しくそう言ってくれる。

甘い痛みを覚えた胸の中がまた、龍一さんの色に染まった。

「私は、プレゼントがひとつしかなくてすみません」

「ひとつじゃない」

「えっ？」

「きみには毎日、いろいろなものをもらってる。目には見えなくても、ここにちゃんとある」

龍一さんはそう言って、トントン、と自分の胸を指さした。

心臓を示しているわけではないだろう。察しの悪い私でもそれくらいはわかり、ドキドキと胸が高鳴る。

彼の心の中に、少しでも私の存在があると思っていいの……？

「だから、たくさんのプレゼントを贈るくらいでちょうどいいんだ。そうだ、最後にもうひとつ――」

龍一さんが思い出したように言って、ジャケットの内ポケットを探る。

「まだあるんですか⁉」

「といっても、これに関してはサプライズでもなんでもなく、当初から買う予定だったものだけど」

スッと目の前に置かれたのは、ロイヤルブルーのリングケース。その中身に想像がついて、ドキッと鼓動が鳴る。おそらく、今日も胸もとで輝く流星のネックレスと同じ店で予約していたあれが完成したんだ……。

龍一さんがケースを開けると、上品な輝きを放つダイヤのリングが現れる。

ジュエリーショップで見た時とはまた違う感動で胸が詰まった。

「もうできたんですね……」

「ああ。きみによく似合うと思う。手を貸してくれ。もちろん左手だ」

遠慮がちにテーブルの上に手を伸ばすと、龍一さんがその手を優しく取る。まばゆいダイヤの指輪をゆっくりと、私の薬指にはめた。

「綺麗……」

流されるままに購入を決めたあの時とは心境が違うからだろうか。きらめくダイヤを見ているだけで感極まって、視界が少し潤む。

「離れている間、きみがくれたプレゼントを励みに俺は努力する。きみも、その婚約指輪を見て俺を思い出せ。その指輪に関しては、一日もはずすのを許さない」

「龍一さん……」

ネックレスの件に関しては、大切にしたいからと理由を説明したら毎日着けなくてもよくなったけれど、指輪は譲れないらしい。今回は、私も同じ気持ちだ。

「わかりました。ずっと着けておきますね」

「そうしてくれ。さて、そろそろ出ようか」

龍一さんに従い、レストランを出る。クリスマスイブを満喫できた素敵な一日だったので終わってしまうのが切ない。

明日も会社だし、浮かれてばかりもいられないけれど。

エレベーターの前で少ししょんぼりしていたら、龍一さんが私の手を握る。車で来たからお酒は飲んでいないのに、彼の手のひらはとても熱かった。

その時ふと、彼が押したエレベーターのボタンが、上階行きの方であることに気づく。帰るならエントランスのある一階に下りるはずなのに。

「あの、龍一さん、ボタンを間違えてます」

「間違えていないよ」

「だって、この上にはスイートルームしか……」

レストランのあるこの階は六十七階だが、ホテル全体は七十階建てのビルだ。ここより上階は専用のフロントが設けられたラグジュアリーフロアとなっており、一般客には縁のない豪華なスイートルームが数部屋あるだけだ。

「そのスイートルームに用がある」

「用って？」

「ここはホテルだぞ。泊まる以外になんの用がある？」

えっ。泊まる……？

ぽかんと瞬きをしている間に、エレベーターが到着する。彼に手を引かれるまま乗り込むと、グンと上昇する足もとに合わせて心臓が浮き上がる感覚がした。

いつの間に予約していたのだろう。

当然のようにフロントでカードキーを受け取った彼は、部屋のロックを解除して室内に私を促す。やわらかい絨毯の敷かれた床を歩いていると、雲の上にいるような感覚だ。

広々としたリビングダイニングの向こうには、湾岸の夜景と、その光を反射してゆらゆらと揺れる東京湾(とうきょうわん)が見えた。

窓辺に佇んで夢のような景色にただ見とれていると、龍一さんが背後からふわりと私を抱きしめた。ドキッと心臓が脈打ち、振り向きたいのに振り向けない。私、絶対に赤い顔をしているもの。

そのまま夜景に集中しているフリをしていたら、耳たぶをそっと彼の唇がかすめた。

ビクッと肩が跳ねる。

「龍一さん……？」

「夢叶の企画書を見たよ」

龍一さんがそこで突然、仕事の話を持ち出してきた。とはいえその声色は甘く、私の動悸も収まらない。

「き、昨日仕上げたばかりなのに？」

それに今日は日曜日だ。オフィスには誰も出勤していないはずなのに。

「石狩さん、イブに予定がないことに耐えられず朝から会社にいたそうだ。それで真智が昨日提出していった企画書に気づいたらしい。内容を俺にも送ってくれたよ。『クリスマスプレゼントだ』って」

どうやら上司の計らいだったようだ。龍一さんに見せるのは週明けの企画会議になると思っていただけに、反応が気になる。

「どう思いました……？」

「よくできていた。間伐材を扱う自治体には俺の方でもいくつかパイプがあるから、資材の供給は難しいことじゃないだろう。なにより、光るのは夜だけという演出がいい。望む夢から叶える夢へ。きみがあの商品に込めた思い、しかと受け取ったよ」

「龍一さん……ありがとうございます」

夢望の開発者からそんなふうに言ってもらえるなんて……がんばってよかった。この仕事を続けていてよかった。

喜びに浸りながら、窓の外を眺める。すると冬の澄んだ空を、見逃してしまいそうなほどの細い明かりが、すばやく横切った。思わず「あっ」と声をあげる。

「龍一さん、今、流れ星が！」

子どものようにはしゃいで、彼の方を振り返る。

すると龍一さんの顔が思ったより近くにあって、ドキンと鼓動が鳴ると同時に、唇に甘い熱が触れた。優しいキスに、一瞬でとろけそうな気持ちになる。

「クリスマスにかこつけて強引にホテルの部屋に連れ込むなんて、大人の男のやることじゃないとわかってる。でも……」

龍一さんらしくない、余裕なくかすれた声が耳もとで震える。私を抱きしめる腕の力は、痛いくらいに強かった。

「もう我慢できない。真智のすべてが欲しいんだ」

情熱的な言葉に胸を射貫かれた感覚がした直後、窓ガラスに映った彼の獰猛な視線と目が合う。ドキン、ドキンと拍動する心臓に合わせて、全身が熱くなった。

龍一さんが私を欲しがる確かな理由はわからない。毎日異性と一緒に暮らし、しかも甘い婚約者を演じているんだもの。男性特有の生理的な反応が起きるのは当然なのかもしれない。それでも、私は……。

「龍一さんなら……いいです」

窓に映る彼の目を見つめ、小声で告げる。おなかがすいたとか、眠いとか、そういう本能的な欲望に彼が従っているだけかもしれなくても……彼を満たすことができるのなら、喜んでその相手になりたい。だって好きだから。大好きだから。

「……怖くないか？」

「平気です。キスやハグならたくさん練習しましたし……龍一さんならきっと優しくしてくれるって、思うから」

肩に回された彼の腕に自分の手を重ねてキュッと掴む。そしておずおず彼の方を振り向くと、鋭く目を細めた彼と目が合い、強引に眼鏡を奪われる。

急に視力が弱くなってくらりとした瞬間、噛みつくように唇を塞がれた。私の反応を探ってキスを楽しむ普段の雰囲気ではなく、貪るような口づけの応酬。

「きみは俺を買いかぶりすぎだ」

あきれた声すら上擦っていて、背筋にぞくぞくとしたものが走る。

重なる唇の隙間から、ちゅく、と舌が入り込み、うしろから私の顎を掴んだ彼に、口内を蹂躙(じゅうりん)される。

買いかぶりすぎって、どういう意味だろう……？

考えようにも、思考は焼ききれる寸前。絡んでいた舌が離れていくと、切なくなって自分からまた彼の舌を求めてしまう。いつしか背中を正面の窓に押しつけられ、キスをしながらワンピース越しの体に手を這わされた。

ささやかな胸の膨らみを、大きな手にこねられる。初めての感覚と羞恥にギュッと目を閉じた。

「ん、あっ……」

「我慢しなくていい。心地いいなら、声を出して」

「そう言われると、余計恥ずかしいです……」

「初めてだから無理もないか……。なら、強引に啼(な)かせるまでだ」

優しい言葉をかけてくれるのかと思いきや、龍一さんは妖艶に微笑んでそんなことを言う。思わず困った顔をする私の体をひょいと抱き上げ、龍一さんはつかつかとベッドの置かれた部屋へ移動した。

　こちらも海側に大きな窓があるが、眺める暇もなくシーツの上に下ろされる。ジャケットとニットを脱ぎ捨て、上半身裸になった彼がギシッとベッドにのった。

　龍一さんは家でも裸でウロウロしたりするタイプではないので、裸体を目にするのは初めて。厚みのある胸板や割れた腹筋など、スーツを着ている時の洗練された魅力とはまた別の、野性味あふれる彼の姿にドクドクと鼓動が脈打つ。

　彼は私の上に覆いかぶさると、ワンピースの裾から手を忍び込ませてきた。

　脚をなでる手がくすぐったくて身じろぎすると同時に、「んっ」と声が漏れた。

「ほら、かわいい声が出た」

「い、言わなくていいです……」

　クスッと笑った彼が、鼻の頭にキスを落とす。片手で太ももをなぞりながらもう一方の手でぎゅむっと胸を掴まれると、ベッドの上で小さく腰が跳ねた。

「もどかしいなら、脱いだ方がいい」

　呼吸を荒らげてされるがままの私の背中を浮かせて、彼の手がワンピースのファスナーを下ろす。

　ウエスト部分まで脱がされたワンピースはそのままに、背中にあるブラのホックをはずした彼が、緊張を溶かすような軽い口づけをしながら、直接胸に触れた。

「あぁ……ん」

先端をいじられると、こらえようとしても勝手に変な声が出る。その反応を見た彼が、今度はその部分を口に含んで、舌先でいたずらする。

びりびりして、変な感じ。これが快感というものなの……？

吸われたり甘噛みされたりするたび、体を震わせて目に涙をためた。

おなかの奥が、熱い。

「真智……力、抜いてろよ」

龍一さんが優しく言って、ショーツの中に忍ばせた手で私の中心を探る。そんなところ自分でも触ったことがないから、恥ずかしくてたまらない。

なのに確実に潤んでいるそこは彼の指を受け入れ、胸に触れられている時よりずっと強烈な〝変な感じ〟に襲われた。

「やっ、龍一さん、ダメ……っ」

「初めてで怖いのはわかる。でもこうしてちゃんと慣らさないと、俺たちひとつになれない。ほら……」

しわが寄るほどシーツを掴んでいた私の手を取り、龍一さんが自分の下半身へ導く。

スラックス越しに触れたそれは熱く張りつめていて、私の指先に反応するように小さく跳ねた。

私だって一応成人だからこの先の展開はわかっているけれど、想像よりずっと存在感のある彼のそれを体内に受け入れるなんて、本当に可能なのだろうか。思わず不安げな顔をしてしまったらしく、龍一さんが私の眉間にチュッとキスを落とす。

「苦しいのは真智だから、ちゃんと準備しよう。ほら、こっちに集中」

「はい……んっ、あっ」

どれくらい彼の指に翻弄されていただろう。お尻の下が冷たいと感じるほど蜜をこぼしてしまった頃、彼がベルトをはずしてスラックスとボクサーパンツを下ろした。

あまり見ないように顔を背けていると、「こっちを向いて」と頬を両手で包み込まれる。

見つめ合った彼は優しく私の唇を啄み、私の体の緊張が解けたのを見計らい、ゆっくり入ってきた。たくさん慣らしてもらったはずだが、初めてだからだろうか。鈍い痛みに耐えながら休み休み時間をかけ、ようやく彼とつながることができた。奥まで入った彼は、愛おしそうな目をして私の頬をなでる。

「よくがんばったな……。痛くないか？」

「少しだけ……。でも、出ていっちゃ嫌です」

そう言うと同時に、彼の背中に回した腕にギュッと力を込める。

「真智、あまりかわいいことを言わないでくれ。もう少し動かさないでいようと思っているのに……理性が飛ぶだろう」

微かに腰を揺らした彼が、トンと奥の方をノックする。その優しい動きに、痛みは伴わなかった。

「ゆっくりなら、動かして平気かもしれないです」

「わかった。ゆっくり……きみの弱点を探すよ」

言葉通りに、スローな動きで私の体の上を往復する龍一さん。穏やかな動きは私にとっては心地よいけれど、彼はどうなのだろう。

「大丈夫ですか……？　その、龍一さんの体は」

「正直大丈夫じゃないが、俺たちの関係は今夜きりというわけでもないだろう？　激しいセックスに興じるのは、真智をもっと女性として開花させてからでも遅くない。そのためなら耐えられるよ」

「開花……？」

「そう。勉強熱心なきみなら、すぐ体得するさ」

彼は快感をこらえたような顔で言い、もったいつけるような動きをまた再開させる。

さっきよりもスムーズに動くようになったはずなのに、どこかじれったい。

どうしよう。ゆっくりじゃ、足りない。

「龍一さん……」

「ん？」

「あの……」

もっと、ください。

なんて素直にねだれたらいいけれど、どう言ったらいいのか……。

「激しくしてくださいって顔だ。……正解、だろ？」

ジッと私を見下ろした彼が、そう言って片側の口角を上げる。瞬間、きゅうっと狭くなったナカが彼を締めつけたので、私がなにも言わずとも彼は肯定と受け取った。

「こんな時まで優秀なんだな。そんなかわいくねだられたら、褒美をやらないわけにはいかない」

龍一さんの瞳に、サディスティックな色が浮かぶ。けれど決して怖いわけではなく、蠱惑的なその魅力から目が逸らせない。

彼は啄むようなキスをすると、私の両ひざを力強く掴んだ。

「明日、腰が立たなくなっても恨むなよ？」

「えっ？　明日会社なのに、それは困――んぅっ！」

異論は受けつけないと言うようにキスで唇を塞がれ、思いきり腰を引いた彼に最奥を穿たれる。目の前にちかちか星が散り、わけがわからなくなる。

やめてと言おうにも言葉にならず、彼に突かれるたびに甘えた猫みたいな声で啼いて、ただただ快楽を刻まれる。そんな時間が、ひっきりなしに続いた。

「真智……俺は、きみのことが――」

果てる寸前、耳もとで龍一さんのかすれた声が聞こえたけれど、最後まで聞き終わる前に絶頂を迎え、意識が深いところへ落ちていく。

龍一さんはなにを言おうとしたんだろう……？

そんな疑問もまとめて強い睡魔にのみ込まれ、最後にはなにも考えられなくなる。

それでも眠りに落ちていく瞬間は、とても幸せだった気がした。

甘い日々は途切れて

夢叶の試作品第一号は二月に無事完成し、明かりを落とした会議室でのお披露目会では年配の役員たちですら『おおっ』と盛り上がっていた。

明かりをつけた瞬間、同じく会議に参加していた龍一さんが『よくやったな』と言わんばかりに優しく微笑んでくれ、つい顔を赤くしてはにかんだら、隣の席の石狩さんに咳ばらいをされてしまい小さくなった。

プライベートでも、龍一さんがシンガポールへ発つ春までは蜜月と呼べるほど親密な時間を過ごした。好きだとか愛してるの言葉はないけれど、本物の婚約者かそれ以上に大切にしてもらっている実感があった。

いっそ彼に告白してしまおうか。そんな考えも頭をよぎったものの、想いを告げたせいで彼との関係が崩れ、気まずい別れになってしまうのは避けたかった。

告白しないまま三年間離れていたとしても、私の気持ちは絶対に変わらない。だったら彼が帰国してから、きちんと伝えた方がいい。最後にはそんな結論に至った。

そうして自分の気持ちを明かさないまま、彼がシンガポールへ旅立つ日を迎えた。

三月末の土曜日、午後。大勢の人が行き交う出発ロビーで過ごす最後の時間はどうしても言葉数が少なくなったが、ベンチで肩を寄せ合い、ぽつぽつとたわいない話をした。

やがて飛行機の搭乗時間が近づき、龍一さんがベンチから腰を上げる。そして隣に立った私の頬に軽くキスをすると、まっすぐ瞳を覗いた。

「真智。帰ってきたら、伝えたいことがある」

言おうとしていたことを先に言われ、どきりと胸が跳ねる。

龍一さんの話ってなんだろう。いい話？　悪い話？

予想もつかないけれど、私には私の伝えたい想いがある。

「私もです。龍一さんにお話ししたいことがあります」

「……わかった。楽しみにしているよ。元気でな」

「龍一さんも、どうか体に気をつけて」

泣きたい気持ちをこらえ、搭乗ゲートの方へ消えていく広い背中を見送る。

彼と離れる三年間は、きっと短くないだろう。でも、その切なさに耐えれば、今度こそ胸に閉じ込めていた想いを解放することができる。

「ずっと、待ってますから」

自分にだけ聞こえる声で、確かめるように呟いた。彼の姿が見えなくなると、帰宅するために体の向きを変え、歩き出す。

その直後、前方から見知った女性が大きなキャリーケースを引いて歩いてくるのが見えた。

なぜ、彼女が空港に……？

長い髪からバラの香りをまき散らす彼女は、立ち尽くす私の正面でぴたりと足を止める。

「あら羽澄さん、こんにちは。専務の見送り？」

「う、うん……。小峰さんは？　旅行？」

今日は土曜だし、彼女の服装は大ぶりの花がプリントされている派手なワンピース。

プライベートな用事だと勝手に推測する。

「いいえ。仕事よ」

「仕事……？　広報部の？」

「まったく察しが悪いんだから。私も専務と一緒に行くのよ。シンガポール支社」

「えっ？」

寝耳に水の話に、眉根がぎゅっと中央に寄る。小峰さんは高らかに笑った。

「ダメもとでパパに頼んでみたのよ。どうしてもシンガポールで勉強がしたいって。そうしたら渋々許可を出してくれたわ。使えるコネは使わないとね」

パパ……小峰常務のことだ。しかし龍一さんはなにも言っていなかった。小峰さんの動向には注意していたはずなのに。同じシンガポールの地に行くにしても、彼女と一緒に仕事するわけではないだろうから、言う必要がないと思っただけ？

胸に立ちこめる暗雲を、必死で振り払う。

「そ、そうなんだ。海外生活、大変だと思うけどがんばって……」

「いいのよ私のことなんか。それより、三年間もかわいい婚約者と離れる専務の方が、寂しくてたまらないと思うの。だから、私がちゃーんと慰めてあげるわね。身も心も、たっぷり」

彼女がシンガポールへ行きたがった本当の理由は、最後のひと言に集約されているのだろう。耳もとで勝ち誇ったようにささやかれ、愕然（がくぜん）とする。

私と龍一さんの間に確かな愛があったなら、こんなに不安にはならないのかもしれない。

だけど、甘い時間を手放すのが惜しくて、彼とはまだ正面から向き合っていない。

こんな不安定な関係のまま、小峰さんのような魅力的な女性が彼に近づいたら……。

「やめて……」

思わず首を左右に振り、彼女に懇願する。

「なによ、婚約者なら堂々としていればいいじゃない。それとも、やっぱり形だけの関係だったのかしら？　だとしたら残念ね。三年後、彼の帰国と同時に破談だわ」

最初から決まりきっていた偽装夫婦という関係が、今になって私の心を締めつける。

同じマンションに住んで、キスもそれ以上のことも数えきれないくらいにしてきたのに、小峰さんのたったひと言でショックを受けてしまう。

左手薬指の婚約指輪をなでてみても、心が落ち着くことはない。私と龍一さんはその程度の危うい関係だったのだと、思い知らされた気がした。

小峰さんは絶句する私を見て満足げにニコッと微笑む。

「シンガポールでの毎日はちゃーんとSNSにアップするから、時々チェックしてちょうだいね。それじゃ」

上機嫌でそう言い残し、龍一さんの向かったのと同じ搭乗ゲートへと、足取りも軽く歩いていった。

龍一さんと離ればなれになってから、私は毎日疑心暗鬼になった。

仕事の合間には彼がメッセージをくれたり写真を送ってくれたりしていたのだが、うれしかったのは最初の数日だけ。

そのうち、逆に私の胸をかき乱す原因となっていた。

龍一さんの写真に写る景色や食べ物が、数時間遅れで小峰さんのSNSにもアップされていたからだ。時には彼と同じ腕時計をした男の人の腕などが写り込んでいることもある。

しかし、小峰さんはSNSのプロ。それらしく見せる術を熟知しているだけにすぎない。

自分に言い聞かせてなんとか平静を保とうとしたけれど、空港で彼女が別れ際に放ったセリフがいつまでも耳の奥にこびりついていて、暇さえあれば彼女がSNSを更新していないかと確認する癖はなくせなかった。

そして彼らがシンガポールに発ってから二週間が経った頃。あまりに不安が募った私は、電話で直接龍一さんに尋ねてみた。

「龍一さん、今日のランチは……会社のどなたかと一緒に?」

私は夜、ひとりぼっちのマンションでスマホを耳にあてていた。

その日、彼が送ってくれた写真は丸ごと茹でられた大きなカニ。それはいいのだが、夕方小峰さんのSNSにまたしても似たようなカニの写真が載っただけでなく、堂々と【上司のFさんからのご褒美♡】と書いてあった。

もしそれが本当なら、彼もごまかさないだろうと思ったのだ。

『いや、ひとりだけど』

電話口の龍一さんは、そっけなく言った。

嘘……。だって、小峰さんは？

「そうなんですね。大きなカニだから、てっきり大人数でシェアしたのかと」

『写真で見ると大きいが、実際はそれほどでもない。しかし、早くも日本食が恋しくなってきたよ。日本食というより、真智の手料理か』

「は、早すぎますよ……！」

急に甘いセリフを吐いた彼に、不安が少しだけ緩む。似たような写真を載せたからって、やっぱり小峰さんと一緒にいたとは限らない。

私がやってもいないカンニングをでっち上げようとした彼女のことだ。龍一さんと私の仲を壊すために、怪しく見える画像を作って載せているだけかもしれない。

龍一さんが直接否定したんだもの、それを信じたい。

もう、彼女のSNSを覗くのはやめようか……。

そこまで思ったところで、電話の向こうでなにかを叩くような物音がした。

『専務～、開けてくださいってば～』

続けて電話口から聞こえてきたのは、小峰さんと思しき女性の声。

ドクッと心臓が脈打ち、薄れていた不安の霧に胸の中が覆い尽くされる。

ふたりは同じ部屋にいるの？　飲食店のようなにぎやかな雰囲気ではないし、まさかどちらかの住まいに？

思わず見上げた壁の時計は午後十時過ぎ。シンガポールは日本より一時間遅れの時差があるにしろ、仕事で一緒にいる時間ではない。

「龍一さん、今……女の人の声がしませんでした？」

『女？　いや、知らない。盛りのついた猫の声とでも聞き間違えたんじゃないか？』

猫は、あなたを専務とは呼ばないし、開けてくださいとも言えない。

龍一さんが嘘をついていると確信し、目頭が熱くなった。

「そう……だったかもしれませんね。それじゃ、私はそろそろ眠りますね。なんだか疲れちゃって……」

『そうか。無理をするなよ、おやすみ』

「おやすみなさい……」

電話を切るまで、声が震えるのはなんとかこらえた。

けれどスマホをソファに放り投げ、抱えた膝に顔をうずめると次々に涙があふれた。

「嘘、つき」

そんな見え透いた嘘で、ごまかせると思ったのだろうか。それとも、ごまかせなくてもいいと開き直ってる？

どうせ偽装結婚の相手だから、浮気をとがめる権利もない。日本にいる私にはどうせなにもできないと、タカをくっているの……？

ギュッと閉じたまぶたの裏に、龍一さんと小峰さんの親密そうな映像が勝手に浮かぶ。美男美女の彼らのラブシーンは映画のように美しく、私が相手ならばこうはならないと、ただただ打ちひしがれた。

その日からの私は、毎日暗闇の中をさまよっているようだった。食事も喉を通らなくなり、なんとか会社にだけは通って仕事をしていたが、それも一週間ほどで限界がきた。

私は会議のさなかに、職場で倒れてしまったのだ。

「羽澄！　おい、しっかりしろ！」

石狩課長が周囲に「救急車」と指示し、ずっと私に声をかけてくれていたのは覚えている。

　だけどなにも答えられずにいるうちに、私はそのまま意識を失った。

　搬送された病院に駆けつけてくれたのは姉だった。

「真智……もう、心配させないでよ～」

　年末年始は姉が看護師仲間と旅行へ行っていたので会えず、それ以外もお互い仕事が忙しく、会うのは久しぶり。

　すでにひと通りの検査を済ませた後だったので、ベッドのリクライニングを起こして姉に笑顔を向けた。大部屋が空いていなかったので個室を使わせてもらっている。

「ごめん、お姉ちゃん。もう、平気だから」

「どうして倒れたの？　貧血？」

　私は曖昧に笑って、窓辺に立つ石狩課長に視線を向けた。彼は会社から病院まで付き添ってくれただけでなく、姉が来るまで心配だからとずっと待っていてくれたのだ。

　そして、私が倒れた原因も知っている。

「あっ。上司の方ですね。このたびは妹がご迷惑をおかけしました。ご挨拶が遅れましたが、私、真智の姉です」

「いえいえ、お気になさらず……。石狩と申します。お姉さんが来たならもう安心ですね。それでは、私は先に失礼します」

パイプ椅子の背にかけていた上着を羽織り、石狩さんが私たち姉妹に頭を下げる。

彼が出ていく前にもう一度「ありがとうございました」とお礼を言うと、石狩さんはドアの前でこちらを振り返った。

「会社のことは気にしなくていいから。お姉さんにしっかり話せよ」

「はい……」

彼が出ていき、個室内が静かになる。私は緊張気味に姉と視線を合わせた。

今の私の状態を話したら、どう思うだろう。

姉は龍一さんとの偽装結婚自体には賛成だったものの、本気にならないようにと忠告していたから……あきれるかもしれない。

でも、たったひとりの家族に黙っているわけにはいかないよね……。

「あのね、お姉ちゃん、私……」

布団に隠れているおなかにそっと手をやり、覚悟を決めた。

「妊娠、してるの」

「えっ？　それって……龍一さんの？」

「……うん」

産婦人科の先生がしっかり見てくれたので、間違いない。食欲がないのは気持ちが塞いでいるせいかと思っていたが、悪阻のせいもあったらしい。

「だったら、そんなに浮かない顔なのはどうして？ まさか龍一さんにひどいことされてできたんじゃ……」

「違う。龍一さんは、そんなことしない。私、幸せだったもん」

そう……彼に抱かれている間は、愛し愛されて結婚する婚約者の気持ちになれた。

彼の演技が上手だっただけなのかもしれないと気づいたのは、つい最近だ。

「過去形なのは、彼が海外にいるから？」

「それもそうだけど……別れようと思ってるの、私」

眉を曇らせた姉に、このところの彼の様子と小峰さんの話をかいつまんで聞かせた。

龍一さんに、本気で恋してしまったことも……。

「そんなことがあったの……。ごめん、真智がつらい思いしたの、私が結婚をけしかけたせいだね」

姉が落ち込むことじゃない。その一心でかぶりを振ると、姉は優しく微笑んだ。

「そういう状況なら、龍一さんとの婚約は破棄して、うちに帰っておいで。私が父親代わりになるよ。ふたりで分担すれば、なんとかなるでしょう」

「でも、産んで育てられるかな……私」

「ママになる時はみんな不安なのよ。なんて、出産経験のない私が言うのは変だけど、私は真智の赤ちゃんに会いたいな。看護学生時代に習ったの。妊娠も出産も、本当に尊いことだって」

姉の言いたいことはわかる。自分の体の中に新しい命を授かった奇跡が、私だってうれしくないわけじゃない。だけど……。

「心臓が三つあるって……言われたの」

「えっ？」

「三つ子ちゃんなんだって、ここにいるの」

おなかの上に置いた手が、微かに震えた。

そこでようやく、姉も私の不安要素に気づいたらしい。目を丸くした後、納得するように何度も深くうなずいた。

「三つ子……それは誰だって身構えるわね。母体も通常の妊娠より危険だから、出産前は管理入院になる。それになにより、産んだ後の育児を思うと……いや、でも、やってみようよ真智。全面的に協力するから」

「お姉ちゃん……」

「私は相変わらずおひとり様だし、家にひとりでいるのも張り合いがなかったの。だからこれからは、妹とかわいい三つ子ちゃんの世話を焼く、おせっかいおばさんにならせてよ」

姉が着ていたシャツの腕をまくり、ガッツポーズをする。

その優しさと頼もしさに涙があふれて、私は何度も頭を下げた。

私はこの時、決意したのだ。龍一さんを想ってメソメソするのはもうやめる。これからは三つ子のことを最優先に考えて、生きていくって。

戸惑いの中で

──あれから三年。私は理想よりずっと頼りない母親だし、龍一さんとの再会に動揺しているのは否めない。それでも、呼び出された社長室で彼と対峙したその時は、必死でポーカーフェイスを装った。

「なんのお話でしょうか」

「頭のいいきみにわからないはずないだろう？　シンガポールにいる俺に突然別れを告げ、連絡を断ち、マンションを出た理由を聞きたいに決まっている」

応接ソファで向き合う彼の、鋭い視線が突き刺さる。直視していたら息ができなくなりそうで、私は彼の肩あたりに視線を逸らした。

彼の言う通り、三年前の私はメッセージで一方的に別れを告げた。

【好きな人ができました。勝手を言ってるとわかっていますが、婚約を解消させてください。今までありがとうございました。そして、ごめんなさい】

嘘をつく罪悪感はあったものの、それ以外に彼を納得させる言い訳が思い浮かばなかった。

それから携帯の番号を変えアドレスもトークアプリもすべてブロックし、ふたりで暮らしたマンションを出た。

姉と暮らしていたアパートは、三つ子が生まれたら手狭になるという姉の提案で妊娠中に引き払った。引っ越し先は部屋も広く子育てしやすいマンションで、今もそこで五人暮らしをしている。

しかし、目の前の龍一さんを見る限り三年前の別れに納得していたとは言いがたい様子だ。単に仕事が忙しくて確認を取る暇もなかったということだろうか。

いくつか疑問は残るが、すでに終わったこと。私の取るべき態度は変わらない。

「メッセージでお伝えした通りなので、改めてお話しすることはありません」

「そのメッセージの内容に納得できないから、こうしてきみを呼び出している。空港で別れた時、きみは俺に伝えたいことがあると言った。それが婚約破棄の話だったとはどうしても思えない。いったい、いつ心変わりしたんだ？」

どうしよう。細かくきちんと説明しなければ、帰らせてもらえない空気だ。

でも、保育園のお迎え時間が……。

チラッと腕時計を見て、ソワソワする。一分でも保育時間が伸びてしまうと、延長料金を払わなければならない。なにより三つ子を不安にさせる。

「これから大事な予定でもあるのか？」

「はい。ですから早く終わらせてください」

焦りを隠さずに言うと、龍一さんがひゅっと目を細めた。そして険しい顔のまため息をつく。

「……わかった。しかし、きみがこれから会う相手にひと言挨拶したい」

「えっ？　挨拶って、どうして……」

「俺は元婚約者だ。しかも、今でも〝元〟という部分に納得はしていない。きみに新しい男がいるなら、黙って見過ごすわけないだろう」

『新しい男』……彼がそう勘違いするように仕向けたのは私だが、胸が微かに軋む。だからといって、あえて正すのもおかしい。それよりも、これから会うのが三つ子の息子たちだと、どうやって隠し通せば……。

思考を巡らせていると、龍一さんの方が先に席を立つ。

「急いでいるんだろう？　車で送る」

「いえ、車では不便です。近くに駐車場もないし」

「だったらタクシーにしよう。ほら、早く。俺にも会う権利があるだろ」

龍一さんの勢いに流されて立ち上がってしまったが、彼の放った『会う権利がある』のひと言にドキッとした。

龍一さんに、父親としての権利を主張されたように思えてしまったのだ。

彼は私の嘘をある程度信じているようだから、三つ子のことは知らない。だからそこまで深い意味があるわけじゃないとわかっているのに、後ろめたくなる。

子どもたちを龍一さんに会わせないのは、私のエゴなのかもしれない、と。

だからといって、こんな突然のタイミングで会わせることになるなんて。彼にはいったいどう説明したら……。

考えている間も時間は待ってくれないので、彼とともに会社のそばからタクシーに乗る。

いつかのように彼は後部座席を私に勧めたが、丁重にお断りして助手席に乗った。

龍一さんには聞こえないよう、小さな声で運転手に保育園の名を告げる。

しかしその直後、龍一さんが怪訝そうに「保育園?」と呟いた。後部座席から私を見つめる視線も痛いくらいに感じる。

今から会いに行くのは私たちの子だと説明する勇気などもちろんないので、とりあえず注意事項だけ伝えておこうとうしろを振り向く。

「あの……とりあえず勤め先の上司として振る舞ってくださいね」

「相手の男は保育士か？　だから、保護者に妙な噂を立てられたら困るとか……」

「……ちょっと違いますけど、似たようなものです」

核心に触れずに説明するのは難しいが、たしかに保護者に変な噂をされるのは困るので、曖昧に肯定する。龍一さんの眉間に寄ったしわがますます深まった。

「保育士ではない。ということは経営者……？　あるいは給食の調理員とか……」

ブツブツと呟く彼は、私が現在の交際相手に会いに行くと本気で思っているようだ。

龍一さんに抱いた恋心を超えるほど好きになれる相手なんて、見つかるはずないのに……。心の内でそう呟きながら、車窓の方を向く。

見慣れた保育園周辺の景色を眺めてみても、龍一さんが一緒にいるだけで落ち着かない。今さら逃げられないけれど、彼と三つ子を会わせる心の準備はなかなかできそうになかった。


三つ子が通う保育園は住宅街の中にあり、都内では珍しく園庭が広めで、子どもがのびのび遊べると人気だ。そこで三人とも預かってもらえるのは幸運だった。

今でさえ戦地に赴くかのごとく必死で登園しているというのに、兄弟別々の園に通わせるとなったら、さらに体力も精神力も削られるだろうから。

園舎が見えてきたところで腕時計を見ると、延長料金が発生するまであと四分。

このままでは、本当に龍一さんと子どもたちを対面させることに……。

でも、迷っている時間すらもったいない。迎えが遅いと子どもたちを不安にさせてしまうし、とりあえず行かなくちゃ。

「ここで待っていてください。くれぐれも園には近づかないように」

誰かのパパと間違われて、龍一さんが保護者や先生に声でもかけられたら厄介だ。

園の門から数メートル離れた場所でタクシーを止めてもらい、口酸っぱく忠告してから車を降りる。

「わかった」

龍一さんは不本意そうに腕組みをしつつもうなずく。再び腕時計を見た私は時間内に間に合ったことにホッとして、園の玄関へ急いだ。

「ママ、きょうね、ムギ、ないてないの」

「ズダーン！　ガガガガ、みて、これつくった！　ロケット！」

「ママ、あした、おむついるよ。あと五まいしかなかった」

園の先生たちに別れを告げ、保育園を出ると同時にマシンガントークが始まるのはいつものことだ。一気に話しだす三つ子の声を聖徳太子（しょうとくたいし）のごとく聞き分けて、順に返事をする。

「うんうん、偉いね麦」

「秋のロケット、カッコいいじゃ～ん」

「オムツの在庫、見てくるの忘れた～と思ってたの。ありがと、楓」

お昼寝布団がないぶん朝より荷物は軽いが、龍一さんを待たせているのを忘れそうになるくらい、話を聞くだけで忙しい。必死で相手をしながら龍一さんの待っていた方向へとゆっくりベビーカーを押していると、私たちの姿に気づいた彼は大きく目を見開いた。

驚かないわけがないよね……。別れた相手が突然三つ子の母になっていたら。

こんな形で対面させることになるなんて、本当に想定外だ。

内心焦りを抱えつつ彼の前まで来ると、歩道の端にベビーカーを寄せて立ち止まる。

「お待たせしました」

「真智、この子たちは……」

「今すぐにすべてをご説明するのは難しいですが……三人とも、私の子です」

私の言葉を受け、龍一さんが三つ子を順に見つめる。視線に気づいた三人も、きょとんとして龍一さんを見つめた。

……似てる。

こうしてジッと見比べるまでハッキリとは感じていなかったものの、秋人も麦人も楓人も、くっきりとした目もとや唇の形に、龍一さんの面影がある。

龍一さん本人には勘づかれていないだろうか。

不安と焦りが増す反面、不思議と温かい感情も湧いていた。

私しか知らないことだし、この先も明かすつもりはないけれど……間違いなく、彼らは親子だ。……三人とも、本当にパパとよく似ている。

顔には出さないが、四人の対面を感慨深く見つめていたその時。

「だれ？」

直球で私に尋ねてきたのは、朝約束した通りベビーカーの前側に座っている秋人だ。

とはいえそこまで興味がある様子はなく、手に持ったロケットの工作で、龍一さんのスラックスをツンツンつついている。

「ママの会社の人だよ。社長さんなの」

「キラキラえんぴちゅの？」

「そうよ」

うしろの席から顔を出し、舌足らずにそう言った麦人に笑顔でうなずく。

文房具という概念はまだ理解できないだろうが、家には私が愛用する文具があちこちに転がっている。三つ子は揃って、夜部屋を暗くした時に光る夢叶がお気に入りだ。

「はじめまして、ママがおせわになってます」

私の職場の上司だと理解し、二歳児らしからぬ挨拶をしたのは楓人だ。そんな挨拶は教えたことがないのに、普段から大人の言動をよく観察しているのだろう。

龍一さんも面喰らったように「こ、こちらこそ」と楓人にお辞儀した。

「聞きたいことは山ほどあるが……とりあえず、家まで送る。誰か在宅なら、妙な疑いを持たれないように近所まででも」

「おうち、だれもいないよね、ママ」

大人の話をすばやく理解してそう言ったのは楓人だ。事実を言っているだけなのだが、龍一さんにシングルマザーだと勘づかれやしないかとドキッとする。

「そ、そうね」

「みちゃとねえ、ぼくたちよりかえりおそいもんね」

ちょっと待って麦人。姉と同居していることは隠しておきたいのに……！

「うち、パパはいないけど、みさとねえいるんだよ」

得意げな秋人が龍一さんを見上げ、決定的な暴露をしてしまう。龍一さんの視線がジッとこちらに注がれるのを感じた。

……もう、観念するしかなさそうだ。

「きみは、今もお姉さんと暮らしているのか？　結婚は？」

「少し事情がありまして……独身、です」

私の告白を聞き、龍一さんが難しい顔をして考え込む。もっと突っ込んだ質問をされたらどうしよう。内心冷や汗をかいていると、小さな手がくいっと私を引っ張った。

「そろそろかえろう、ママ」

楓人の声にハッとして、慌てて笑顔をつくる。

「そうだね。話し込んじゃってごめん。じゃあ龍一さん、私たちはこれで」

「俺も一緒に行く。家まで送ると言っただろ」

「でも……」

正直なところ、彼と話していたらいつかボロが出そうで怖い。

「この子たちと一緒じゃタクシーというわけにもいかないが、荷物くらい持つよ。その程度できみの負担が軽くなる気はしないが……」

大きなベビーカーや大量の荷物を見て、龍一さんが苦笑する。

三つ子と降園する様子を初めて目のあたりにした彼が戸惑うのも無理はない。

私もひとりで子どもたち三人を保育園に登園させる初日は、大量の荷物や子どもたち自身の重さに途方に暮れたものだから。

「どれを持てばいい？　それともベビーカーを押そうか？」

私の返答を待たず、龍一さんがどんどん距離を詰めてくる。その強引さに押されて、思わず腕に提げたリュックを持ち上げた。

「あ、ありがとうございます。そしたら、三人のリュックだけ……」

「しゃちょー、だっこ」

龍一さんの手に子ども用リュックを三つ渡そうとしたその時、秋人がベビーカーから両手を伸ばしてそんなことを言った。

秋人は三人の中で一番人見知りしないタイプとはいえ、いきなり抱っこをせがむとは予想外だ。あまり接近されたらなにか気づかれる確率が増しそうで怖い。

しかも『しゃちょー』って、なんと失礼な呼び方を……。

「秋、ダメ。社長さんのスーツが汚れちゃう」

「いや、俺は一向にかまわないよ。アキくん、おいで」

龍一さんがそう言って微笑むと、秋人の目がきらりと光る。

「ママ、これ、はずして」

ベビーカーのベルトを引っ張って、秋人が足をじたばたさせた。

今日だけはおとなしくしていてほしいんだけどな……。

内心頭を抱えたくなりつつ、なんとか秋人をなだめようとする。

「秋、もうお兄ちゃんになってきて重いんだから、抱っこは我慢して、ベビーカーでお家帰ろう？」

「やーだぁ！　しゃちょー、おいでって、いったもん！」

秋人が大暴れするせいで、ベビーカーがガタガタと揺れる。声のボリュームも制御できなくなってきた。

「真智、本当に大丈夫だから」

見かねた龍一さんが、安心させるような笑みを私に向ける。

本当はどうにか抱っこを阻止したかったが、私も疲れてきていたので、ありがたく厚意を受け取ることにした。

「……すみません、お願いしていいですか？」

「ああ。もちろん」

「秋、おとなしくするのよ」

ベルトをはずしてやると、勢いよくベビーカーを飛び降りた秋人が、龍一さんの前でぴょんぴょん跳ねる。龍一さんがその体をひょいと抱き上げると、秋人はますます興奮したのか口数が多くなった。

「あのね、ほんとうは、アキじゃないよ、アキトだよ」

「そうか、アキトか。カッコいい名前だな。何歳？」

「に！」

「へえ。もっとお兄さんかと思ったよ」

龍一さんにおだてられ、秋人がにまっとうれしそうに笑う。

「ちゃちょー、ムギも、ムギトなの」

「ぼ、ぼくは、フウトです」

麦人がうらやましそうにするのは想定内だったが、楓人までもじもじしながら龍一さんに自分の名前をアピールする。あまり大人の男の人と接する機会がないからだろうか。テンションが上がりっぱなしの三つ子の姿が新鮮だ。

父親のいる家なら、毎日こんなふうにパパの前でうれしそうに話したりするのかな。

仕方がないこととはいえ、今まで会わせてあげなかった罪悪感に、胸をチクチクと刺される。

「アキト、ムギト、フウト……。もしかして、誕生日は秋か？」

龍一さんは三つ子の誕生日を名前から推測したらしい。

完全に図星だが、現在二歳で、誕生日は秋であると教えてしまったらなにもかもバレてしまいそうで、しどろもどろになる。

「え、ええと、そのあたりは濁させていただいてもいいでしょうか……」

「無駄な抵抗だと思うけどな」

「えっ？」

「だって、この子たちの顔……」

そう言った彼は、改めて三人の顔を見比べる。そして最後に私を見つめると、切なさを含んだ笑みを浮かべた。

「幼い頃の俺とそっくりだ」

そう言った彼が、抱き上げている秋人を愛おしそうな目で見つめる。

……気づいていたんだ。

とっさに〝まずい〟と思ったものの、うまい言い訳が思いつかない。

今でさえ似た部分があるのだから、幼い頃の龍一さんにはもっとよく似ているのだろうか。私は見たことがないから、検証しようがない。

ただひとつ言えるのは、三つ子を見る彼の優しげな表情に、胸が騒がしい音を立てていることだけだった。別れる前に彼を見つめた時と、まったく同じように。

　龍一さんは私たちを家に送り届けると、連絡先を確認して帰っていった。

　こちらの生活状況を知り、すぐにゆっくりと話ができる環境ではないとわかってくれたようだ。

　ただし、三つ子の父親が自分だと察しがついている様子なのが悩ましい。

　顔が似てるというのは事実だから、こちらも否定しようがないし……。

　考え事をしているせいかいつもよりなんとなくぼんやりキッチンに立っていると、姉が仕事から帰ってきた。いつものようにプレイマットの上で遊んでいる三つ子が口々に「おかえり」と口にするが、姉はただいまも言わず駆け寄ってきた。

「ねえ、ネットニュース見た？」

「ううん、今日はそれどころじゃなくて……なにかあったの？」

「これ。真智に嫌がらせしてた人じゃない？」

　手に持っていたスマホをずいっと目の前にかざした姉。思わず画面に表示されたニュースを読み上げる。

「元スパーシル社員の美人インフルエンサー（29）、ＳＮＳ大炎上の末スピード離婚」

えっ？　なにそれ。ちょっと情報量が多すぎて、脳内で処理できない。

なんとなく小峰さんのことだろうかと思うものの、彼女の情報はできるだけ耳に入れないようにしていたので会社を辞めたことすら知らなかった。

しかし、あれだけ龍一さんに執着していたのにまさか別の男性と結婚していただなんて……。

記事の内容をすべて読んでみる。小峰さんはシンガポールに渡って半年で会社を辞め、高所得者ばかりが集まる婚活パーティーに連日参加していたそう。

そして、今年になってようやく彼女のお眼鏡にかなう現地の会社経営者と出会い、電撃結婚していたらしい。

しかし、彼女が個人のSNSに投稿したウエディングフォトに【あてつけ結婚成功！　私を切り捨てた会社なんてつぶれちゃえ】という文面を添えたことで、コメント欄が炎上。

さらに、彼女を批判する人々に対して【嫉妬乙】などと本人が追加の書き込みをしたために、火に油を注ぐ結果になったそうだ。

夫である男性は親日家で、なおかつスパーシル文具の愛用者。だからこそ小峰さんと結婚したはずだったのに、SNSの投稿を見て彼女の人間性に不信感を抱き、結婚生活に終止符を打つことになったのだとか。

「広報部で活躍していた頃の彼女なら、SNSの怖さは身に染みてわかっていただろうに……」

ため息交じりに、ぽつりとこぼす。

「あら、意外と冷静ね。昔は結構彼女のこと気にしていたのに」

「うん。……あの時は妊娠してたし、ちょっと情緒不安定だったからかも」

当時の気持ちが続いていたなら、もしかしたら『ざまみろ』と思ったかもしれない。

けれど、あの頃から時間が経っている今、小峰さんなんてもはやどうでもよい存在へとなり下がっている。

彼女のあまりにお粗末な振る舞いを、ただ残念に思うだけだ。

「もしかして、後悔してる？　龍一さんと別れたこと」

「えっ？」

「だって、この彼女がライバルでもなんでもなかったなら、真智が身を引く必要はなかったわけでしょ？」

姉の問いかけに、目をぱちくりさせる。

たしかに、そういうことになる、のか……。

彼が海外へ発ってすぐの妊娠、しかも三つ子。その不安に押しつぶされていたあの頃は、龍一さんを信じようという気持ちにどうしてもなれなかった。真実を確かめる勇気もなく、ただ彼の前から逃げることを選んだ。

……でも、それは間違っていた？

その時、キッチンの入口に取りつけてあるベビーゲートの前までやって来た麦人が、私を呼んだ。

「ママぁ」

「ん？　どうしたの？」

「つぎ、ちゃちょーのだっこ、ムギだよ。じゅんばん」

「麦……」

今日は秋人が思いきり彼に甘えていたから、うらやましかったのだろう。そしてベビーカーの座席と同じく、順番に抱っこしてもらえると思っている。

どうしたものか……。

「ママ、あの、ぼくも……さんばんでいいから」

麦人に続いてゲートのそばにやって来た楓人までも、期待に満ちた目で私を見上げている。簡単には叶えられそうにない願いなので、良心がチクチク痛んだ。

「ねえ、ちゃちょーって、誰なの？」

話に入れない姉が、不思議そうに首をかしげる。

「……社長。龍一さんのこと」

私は口もとを手で隠しながら、姉に耳打ちした。

「えっ？　なんで麦たちが彼を？」

子どもたちに聞こえないよう、姉も自然とひそひそ声になる。

そうだ、帰ってくるなり小峰さんのニュースを見せられたから、まだ説明していなかった。

「今日、一緒に帰ってきたの。三年前の別れが納得できないみたいで、仕方なく……。この子たちのこと打ち明けたわけじゃないけど、彼はたぶん気づいてる。自分の小さい頃にそっくりなんだって」

「なるほど……受け継いだ遺伝子はごまかせないからねぇ。こりゃ、腹割って話すしかないね。私が休みの日なら、三人を預かれるよ」

「うん、ありがとう。龍一さんにも予定聞いてみる」

「了解。……でもさ、真智、ひとつだけ約束して」

話を終えていったんキッチンを出ていこうとした姉が、立ち止まってこちらを振り向く。

「龍一さんの方にいっさい愛情がなくて、彼の立場や家のためにまた偽装結婚を提案してくるようなら断りなさい。今まで通り、私が父親代わりをするから」

偽装結婚という特殊な婚姻の形を選ぼうとしたせいで、私は苦しんだ。姉もそのことがわかっているから、あえて厳しいことを言ってくれているのだろう。私も同じ気持ちだ。

姉に迷惑をかけ続けるのは心苦しいが、偽りの結婚生活に三つ子まで巻き込むわけにはいかない。

「でも、そうでないなら」

覚悟を新たにしていたら、姉がふっと表情を緩めた。三つ子との生活にいっぱいいっぱいな時、いつも私を助けてくれた優しい姉の顔。

「母子ともども、たっぷり愛してもらいなさい。私だって、真智の恋は報われてほしい。そっちが本音だもの」

「お姉ちゃん……」

「でも、三人とお別れになるのはめちゃくちゃ寂しい……！　今のうちにいっぱい遊んでおこうっと。麦、楓、覚悟はいい～？」

キッチンのベビーゲートに近づきながら、姉が両手の指を怪しげに動かす。

「あっ、みちゃとねえ、こちょこちょだ」

「にげよう、ムギ」

「待〜ち〜な〜さぁ〜い」

ふたりはきゃっきゃはしゃぎながらリビングに逃げ込んだが、ひとりでテレビに夢中になっていた秋人は状況を理解しておらず、姉につかまってしまう。そしてまんまとくすぐりの刑に処され、ケタケタ笑っていた。

かわいい信号機に挟まれて――side龍一

「よかったじゃないか、とりあえず話ができそうで」

「ええ。でも、まさか三つ子を育てていたとは……」

三つ子と対面してから数日、たまたま会社のエントランスで一緒になった石狩さんにその件を報告した。

実は真智から別れを告げられた直後、俺は彼に連絡していた。真智に新しい恋人がいるなら、その人物について知っているかもしれないと思ったのだ。

しかし、電話口の彼はそっけなく『知らない』と答えた。

『アイツの本心はわからないが、距離ができてつらくなったのは事実だと思う。お前がそっちに行ってからどうも上の空で、仕事に身が入ってないんだ。経営戦略部にも行かないと申し出があった』

『真智が上の空……？』

当時の俺は驚いた。なぜなら俺は、開発の仕事を心から楽しんでいる彼女の姿しか知らない。経営戦略部への異動を断ったというのも信じがたい。

『心配だろうが、上の空といっても浮ついた雰囲気は今のところ感じない。どちらかというと、抜け殻って感じだな。だからって中途半端にシンガポールでの仕事をほっぽり出して帰ってくるなよ。アイツもアイツで必死に自分と戦ってる最中だから、本気なら全部やり遂げてから迎えに行ってやれ』

仕事を放り出すつもりは毛頭なかったが、真智のためなら一時帰国もやむなしと思っていた。しかし、ずっと一緒にいられるわけではない。俺が会いに行くことで真智がさらに不安定になるのなら……石狩さんが言うように、すべてを終えてから迎えに行った方がいいのだろうか。

しかし、彼の話を聞いていると、やはり真智からの【好きな人ができました】というメッセージに違和感を覚えた。

『あの、やっぱり真智に新しい恋人ができたというのは嘘――』

『気になるなら、帰国してから本人に聞いてみろ。俺からはなにも言えない』

石狩さんは最後まで真智の気持ちに関して、明確な回答は避けた。

もどかしい思いもあったが、お互いの仕事も大事だ。今の俺たちには時間が必要なのかもしれないと、真智に会いに行きたい気持ちはぐっとこらえた。

そして、三年。彼女のくれた手帳が隙間なく埋まるほどの多忙な日々を過ごし、予定通りに帰国。社長就任も無事に決まり、あとは真智を迎えに行くだけ……のはずだったが、彼女は愛らしい子どもを三人も持つ母になっていた。

社長室で真智と対面した際、これから人に会うと聞いて新しい男の存在を疑ってしまったが、まさかシングルマザーとして俺そっくりな三つ子を育てていたとは……。

正直、まだ少し混乱している。

「本当のこと、隠していて悪かったな」

石狩さんがすまなそうに俺を見る。彼は真智の直属の上司なので、三つ子のことも真智の妊娠中から知っていたそうだ。

その上で最大限、真智の気持ちと覚悟を尊重してくれたのだ。感謝こそすれ、謝ってもらう必要はない。

「いえ。真智に好きな人ができたというのはどうしても信じがたかったので、なにか事情があるのではと思っていました」

今度は真智とふたりきりでゆっくり話す約束をしているが、お姉さんの仕事の都合もあり、時間をつくれそうなのはゴールデンウィークに入ってからだそうだ。

平日の夜はと提案してみたが、三つ子の世話でそれどころではないらしい。そうした事情を察せない俺は、育児の大変さというものがちゃんとわかっていないのだろう。

「俺も黙ってるのは心苦しかったが、泣きごとも言わずに踏ん張って仕事と家庭を両立させる羽澄見てたら、お前より彼女の方を応援したくなっちまってな」

「ありがとうございます。真智もきっと救われていたはずです」

「俺はたいしたことしてない。それより、さっさとお前が自分の力で助けてやれよ。じゃあまた」

「ええ。今日もよろしくお願いします」

石狩さんに挨拶をして、先に到着した高層階用のエレベーターに乗り込む。扉が閉まる寸前、たまたま一緒に乗り込んできた相手が俺の顔を見て深々と頭を下げる。

「おはようございます、社長。このたびは、娘の件でご迷惑をおかけして申し訳ありません」

整えられた髭を口もとにたくわえた、白髪の紳士。彼は、なにかとお騒がせな小峰詩の父親だ。

「小峰常務。……いえ、あなたのせいではありません。頭を上げてください」

「いいえ、私が間違っていたのです。純粋な勉強のためならばと先代社長に頼み込んで娘のシンガポール行きを許可してもらったせいで、逆に娘の恥をさらす結果となってしまった」

静かに上階へ上がっていくエレベーターの中で、小峰常務が悔しげに語るのを聞きながら、三年前のことを思い出す。

彼女がシンガポールへついてきたのはかなり驚きだった。当時の赴任は、父から与えられた、社長就任前の試練のようなもの。今後、アジアで販路を拡大するための貿易拠点となる港の視察や現地商社との交渉を、ほとんど自分ひとりの力で行う予定だった。

そこに小峰詩がアシスタントとして送り込まれ、不本意にも行動をともにすることになってしまったのだった。

彼女は真智を目の敵にしているが、こっちにいる間はくだらない嫌がらせなどができない。その点においては安心だったが、隙あらばボディタッチをしてきたり、俺のスマホを覗き見てきたりと、わずらわしいことこの上なかった。

中でも、シンガポールで借りているマンションまで押しかけてきて部屋に上がろうとした時には、寒気までしたほどだ。

もちろん玄関前で追い返したが、彼女はその後も部屋の前をウロウロしてはドアを叩いた。いっそ警察を呼ぼうかとまで思い始めていた時に真智から電話がかかってきて、深く安心したのを覚えている。しかし、小峰はそんなことおかまいなしだ。

『専務～、開けてくださいってば～』

真智との電話を邪魔され、怒りのボルテージが上がる。

その上、真智にも微かに彼女の声が聞こえたらしい。

『龍一さん、今……女の人の声がしませんでした？』

すぐに会いに行けない距離にいる今、余計な心配はかけたくない。それに、俺にとって小峰詩は〝女〟ではない。そんな皮肉も込めて、つきまとわれている苛立ちを隠さずに言った。

『女？　いや、知らない。盛りのついた猫の声とでも聞き間違えたんじゃないか？』

そんなことより真智の話が聞きたい。

今日はなにを思い、こうして俺に電話をかけてくれたのかと。

しかし真智は疲れていたらしく、ゆっくり話せないまま通話は終わってしまった。

そばに行けない自分の状況を歯痒（はがゆ）く思っているうちに、ある日突然真智と連絡が取れなくなった。俺はすぐに、小峰を疑った。

『真智になにかしたか……？』

『えっ？　なんのことですか？　なにかしたくたって、私はこうしてシンガポールにいるじゃないですか』

直接問いただしてみても、彼女はあっけらかんとそう言い放つだけだった。

彼女の言う通りなのだがどこか腑に落ちず、いっそ休日に日本へ一時帰国しようと考えていた時だった。

小峰が自身のSNSアカウントに投稿する写真に、奇妙な投稿が交じっていることに気がついた。

俺は彼女と個人的に食事をした覚えも褒美を与えた覚えもない。にもかかわらず、【上司のFさんからのご褒美♡】という文言が、カニの写真の下に踊っていた。

真智はもしかして、この投稿を見たのか……？

確かめたくても、すでに彼女とは連絡が取れない。

共通の知人である石狩さんに仲介を頼もうと連絡してみると、詳しくは話してくれないもののどうやら深い事情がありそうだった。

彼の励ましを受け、心では常に真智を想いつつも、シンガポールでの仕事に没頭した。三年後、彼女を迎えに行く自分をイメージしながら。

そんなある日、俺は日本から送られてきた新商品のプロモーション映像を見た。そこに映っていたのは、真智が熱心に開発に取り組んでいた夢叶だった。

日本にいる間に試作品は見ていたものの、より洗練されたデザインでようやく完成した夢叶を見て、胸が熱くなる。

夢望の持つコンセプトを踏襲しているのはあきらかで、かつ、夢望が抱えていた問題点を〝夜光鉛筆〟という形でクリアした、真智渾身の商品。

できることなら一緒に完成を祝いたかったが……今の彼女はそれを望んでいない。

石狩さんの話を聞く限り、真智は必死でがんばっている最中。だったら俺も、こちらで成し遂げることに全精力を傾ける。


心に活力を取り戻した俺は、ほとんど休日を取ることもなく会社のために働き続けた。相変わらず小峰はそばにいたが、英語も扱えない彼女はなんの役にも立たない。

そもそも、俺が真智を認めるきっかけになった研修のテストでカンニングをしていたのは彼女の方。採点時にもなんとなく彼女の答案に違和感を覚え怪しいと思っていたが、研修の後で複数の社員たちからも告発があった。

社内で行われたテストなので処分は見送ったが、彼女の上司には報告済み。

自らの罪を棚上げして真智を貶めるため俺に嘘を吹き込もうとする小峰に、アシスタントとしての実力など期待するはずがなかった。

そっけない態度を崩さない俺に、小峰の方もだんだんと張り合いがなくなってきたようだった。日本でおとなしく広報部の仕事をしている方がまだ充実していただろうに、勢いでシンガポールなんかについてくるからこうなるのだ。

盛大にあきれている俺に気づいているのかいないのか、シンガポールへ来て半年ほどが経過した頃、彼女から退職願を渡された。

『私、シンガポールの長者番付にのってる相手と結婚するんです。彼が仕事は辞めてほしいって言うので、すみません』

聞いてもいないのに、しおらしいそぶりで退職理由を話す小峰にもはや返す言葉もない。結婚するというのも本当なのか怪しいものだ。

話半分に聞き流し、まったく感情を込めずに「おめでとうございます」と言った。

彼女とは、それで終わった。……はずだった。

しかし小峰詩は、最近また世間を騒がせている。彼女お得意の、SNSを使って。

つい最近目にしたくだらないネットニュースの内容を思い出していたら、エレベーターが役員専用フロアに到着する。常務は俺を先に降ろし、トボトボとうしろを歩く。

「すでに会社とは関係がないはずなのに、【スパーシルの元社員】だなんて書くネット記事にも悪意がありますが、すべては本人が蒔いた種。辞めてもなお会社に迷惑をかけ続ける娘に、私はもうどうしたらいいのか……」

常務の心労は計り知れないが、小峰だって成人だ。これからの身の振り方は、自分で考えるしかないだろう。

頭の片隅でそう思うものの、もしも自分の子が他人に迷惑をかけたら……そう考えると、あのかわいい三つ子のためならどんな罪もかぶってしまいそうな自分がいた。

常務にとっての小峰も、そんな存在に違いない。もちろん、ダメなことはダメと教えるのが親であるのはあたり前だが。

「彼女を、信じる……それしかないと思います」

俺にはまだ、親としての自覚がしっかりあるとは言えない。それでもあえて理想を語るならば、子どものことを信じられる、そんな父親でありたい。

「そう、ですよね……。すみません、社長にこんなお話」

「いや、私の方こそ。まだ独身の身で、出すぎたことを言いました」

子育ての上では小峰常務の方が何倍も先輩であるというのに、偉そうに語ってしまった。なんとなく気まずい雰囲気が流れ、俺たちは重役フロアの廊下でやけにペコペコし合った後、それぞれ自分の執務室へと向かった。

それからおよそ三週間。俺はシンガポール出張で発掘したバイヤーや現地商社とのつながりをもとに、自社のブランド価値を世界でも確固たるものにするための戦略を練っていた。手足となって動いてくれるのは、経営戦略部の社員たちだ。

本当ならそのメンバーには真智も加わる予定だったが、石狩さんの話によると、三つ子を身ごもっているとわかった頃に彼女から辞退の申し出があったらしい。

俺にはまだ、三つ子育児の苦労がどれほどのものなのか想像でしかわからない。しかし、真智のような有能な社員が、子を持ったからといってキャリアをあきらめるのは非常にもったいないと感じる。

スパーシルの社内規定ではフレックス制度やリモートワークを利用できるが、利用者はごく少数で形骸化しているのは否めない。会社全体で、誰もが働きやすい環境づくりに取り組むことが必要だろう。あたり前のことなのに、こうして自分が子を持つまで気づけなかったことがふがいない。

俺も率先して真智のサポートをしなければ……いや、自らが主導して子育てするくらいにならないと、働く親たちの苦労や葛藤を本当の意味で理解はできない。

会社が目指す、企業としての理想の姿。それを改めて見直しつつ、真智との話し合いの日を待っていた四月の下旬。

早めに仕事が終わり帰宅しようと会社エントランスを歩いていた俺のもとへ、石狩さんが駆け寄ってきた。

「お疲れ。なぁ、今日って羽澄から連絡あったか？」

「いえ、とくには……今日、彼女は出社していないんですか？」

仕事と育児に追われる真智との連絡は、最低限しか取っていない。彼女の気持ちがどうあれ三つ子の父親になろうとしている立場で、恋愛感情を優先させ負担をかけるようなことは避けたかったのだ。

だから、話し合いの日の約束を取りつけてからは、おとなしくその日を待っている。

「ああ。朝、熱があるとかで休むと連絡があった。万が一子どもたちも発熱していたら心配だし、午後になって明日はどうするのかメッセージを送ってみたんだが、返事がないどころか既読もつかない。あのくそまじめな羽澄が連絡に気づかないなんてよっぽどだぞ」

石狩さんがスマホを操作し、自分が送ったメッセージの文面を見せてくれる。たしかに、既読表示がない。真智が上司からの連絡を無視するわけがないので、確認できない状態なのだと考えるのが妥当だろう。

「……それは心配ですね。彼女の自宅に行ってみます」

「ああ、そうしてやってくれ」

石狩さんと別れてすぐ、念のため真智に電話をかけてみる。しかし、呼び出し音が鳴るばかりで出る気配はない。朝より熱が上がり、自宅でふせっているのだろうか。お姉さんがいればいいが、仕事の可能性もある。

その間、子どもたちはどうしてる……？

保育園に預けていれば少しは休めるが、一度園からの帰り道に同行した時の状況から考えて、あんなふうに三人を送迎する手間を考えたら、休ませているかもしれない。でも、その場合三つ子の世話はすべて真智にのしかかる。二歳では自分たちで食事の準備はできないし、トイレだって、まだオムツだろう。家の中には危険な場所もあるし、常に見張っていなければ心配だ。

だとすると、真智は具合が悪いのに休む暇がなくて、倒れた……？

悪い想像ばかりしてしまう頭を振り、通りかかったドラッグストアで必要になりそうなものを買い込むと、タクシーに乗る。

風邪をひいたって少しも寝ていられない。なぜなら、わが子の命がかかっているから。小さな子を育てる親たちは、常にそんな緊張感と隣り合わせなのか……。

想像力が足りていなかった自分を反省するとともに、必ず真智の助けになろうと、これまで以上に強く思う。

だからどうか、彼女も三つ子たちも無事でありますように。

マンションに到着してタクシーを降りてすぐ、もう一度真智に電話をかけた。

呼び出し音は今回も長く鳴ったが、やがて途切れて真智の声がする。

『はい……龍一さん？』

話し方はゆっくりで、吐息が多い。やはり、体調が芳しくないようだ。

「真智、大丈夫か？　今、きみのマンションの前にいるんだ。なにか手伝えないかと思って」

『すみません……ちょっと、助けてもらっていいですか？　鍵、開けておきますので』

「もちろんだ。手間をかけさせてすまない」

励ますようにそう言うと、急いで真智たちの部屋がある三階へとエレベーターで向かった。

玄関の前に着き、入る前に一応インターホンを鳴らす。真智は応対できる状態ではないだろうからそのままドアノブに手をかけると、インターホンのスピーカーが通じ、室内の雑音が聞こえてきた。

『ママ、ちゃちょー、ちた』

『いらっしゃいませー！』

『ムギ、アキ、ママおねつだからしずかに！』

騒がしい三つの声に、こんな時だというのに思わず笑みがこぼれた。

真智はともかく、三人は元気そうだ。

少しホッとして、ドアから中へ入った。

「お邪魔します」

小さな靴が散らかった玄関で革靴を脱いでいると、正面のドアが開いて息子の内のひとりが顔を出す。髪が真っ黒なので、おそらく秋人か麦人のどちらか。

そっくりな顔だけでは判別がつかないが、あのいたずらっぽい表情は……。

「秋人か？」

「うん！」

にっこり笑みを深めた秋人がてててっと小刻みな足音を立てて駆け寄ってくる。赤いパジャマ姿だ。とりあえず三つ子のうちのひとりを見分けられたことに、内心ガッツポーズを決める。

「ママ、こっち」

「ねんねしてるのか？」

「そだよ。おねつ、つめたいつめたいしてる」

つめたいつめたい？

秋人は「こっち」と俺の手を掴み、開けっ放しのドアの方へ俺を引っ張っていった。

「こんばんは……」

病人の真智を刺激しないよう、小声で挨拶しながらリビングダイニングと思われる部屋へと足を踏み入れる。

そして目に入ったのは、眼鏡をはずしてソファで横になる真智の姿……なのだが、少々異様な光景だった。彼女の真っ赤な顔を取り囲むように置かれているのは、アイスクリームやらコロッケやらたこ焼きやらうどんやら、ありとあらゆる冷凍食品の数々。

……あれはなんなんだ？

「ママ、おねつ、ないない？」

心配そうに聞いているのは、秋人と同じ黒髪の麦人だ。兄と色違いの青いパジャマを身に着け、気弱そうな目もとをしている。心配しているわりに真智の体の上でうつぶせになっているのはどうかと思うが、ママと離れたくないのであろう。

「うーん、まだかな……」

「ママ、ギョーザもいる?」

ソファの横に立ち、真智の顔を覗き込むようにしているのは黄色いパジャマの楓人。ほかのふたりと顔のつくりはよく似ているが、彼だけは髪色が茶色がかっており瞳の色も薄めだ。

冷凍食品作戦を思いついたのは、利発そうな彼かもしれない。

「大丈夫よ楓。ありがとう」

弱々しいながらも母親の目をして、真智が楓人の頭をなでる。

なんと愛おしい光景だろうか……。

別れる以前には見られなかった真智の新しい一面を知り、胸が高鳴る。

しかし、俺は感動に浸りに来たわけではないのだ。真智にばかり親の仕事を押しつけていないで、自ら動かなければ。

「真智。具合はどうだ?」

床に散らばったおもちゃやクレヨンをよけつつ、彼女に声をかける。秋人は俺の手を離し、楓人の隣に並んで真智の顔を見つめた。

「龍一さん……すみません、急に来てもらっちゃって」

「熱は？」

「さっき、八度七分でした……」

それほど高熱の状態で子どもたちの相手をしていたのだから、脱帽である。

本当は寝ているだけでもつらいだろうに。

「解熱剤を買ってきたから飲んで。なにか食べられるか？　温めるだけのおかゆ、あとはゼリー飲料を買ってきた」

手にしていた袋を開き、中身を彼女に見せる。

「ありがとうございます。ゼリーをいただきます。それと、子どもたちにもなにか……あの、これでいいので、食べさせてもらえますか？」

これ、と彼女が手に取ったのは、顔の横にあった冷凍うどんの袋だ。彼女の熱で少し周りが溶けている。

「わかった。子どもたちにアレルギーは？」

「ありません。ただ、そのままだと長すぎるので、キッチンバサミで適当に切っていただけると……」

なるほど、うどんなら子どもも食べやすいと思いきや、大人と同じ状態で与えればよいというわけではないらしい。火傷させないように温度も気をつけなくては。

「ちゃちょー、ごはんちゅくる？」

ずっと真智にべったりの麦人だったが、おなかがすいているのだろう、器用に足からソファを下り、俺のそばへやって来た。

「ああ。おなかすいただろ。三人とも、うどんでいいか？」

「うどん、すき！」

「ぼく、なっとういれる」

秋人と楓人もわらわらと俺の足もとに集まってきて、三人並ぶとパジャマが信号機の色だと気づいて心が和む。つぶらな六個の瞳に見つめられるのは、女性にモテるより百倍うれしい。三つ子育児のよいところは、一気に三人分の愛らしさを受け止められることかもしれない。

真智の顔を冷やしていた冷凍食品をしまい直し、買ってきた冷却シートを額に貼る。それからゼリーと薬を与え、うどんの調理に取りかかった。

キッチンには三人が入れないようゲートがついているが、包丁の入った扉にもロックがついていたので驚いた。家庭内の事故を防ぐため、真智やお姉さんが常に細心の注意を払っているのがわかる。

三人を常に視界に入れておくのは、不可能に近いからな……。

そんなことを思いながら、鍋に沸かした湯でうどんをゆでた。真智によると、冷凍うどんはレンジ調理もできるが、それだと歯ごたえがありすぎて小さな子が食べるのには向かないらしい。

隣のコンロでは並行して溶き卵を浮かせた澄まし汁を作り、先に丼に移して冷ましている。楓人ご所望の納豆は冷蔵庫の中にあったので、ゆで上がったうどんと汁を合わせ、最後にかけてやった。

完成が近づく頃には、三人とも自分の食事椅子によじのぼった。いつもの決まりなのか、首にシリコンのエプロンを自分で装着している。

そのタイミングが三人ほぼ同じだったのが微笑ましく、写真でも撮らせてもらおうかと思ったが、やめることにする。おなかをすかせている彼らの腹ごしらえが先だ。

うどんとフォークを用意し、三人それぞれの前に置く。俺はダイニングの椅子に座り、「召し上がれ」と言った。

「いたらきまぁす」

「うどーん、うどーん」

すぐにフォークを掴んで食べ始めたのは、麦人と秋人。小さな口がちゅるちゅると麺をすする姿に、胸がほわっと和む。

しかしふと視線を動かすと、楓人が困ったように丼を見下ろしていた。

「楓人、どうした？」

「これ、おとなの……」

「えっ？」

小さな人さし指が示していたのは、最後にかけた納豆だ。

しかし、〝大人の〟と言う意味がわからず、俺は首をかしげる。

……からしなら入れていないぞ。

「ふう、たべるの、ひちわり」

楓人の様子に気づいてそう言ったのは、麦人だ。舌足らずな言葉の意味を考えるが、うまく翻訳できない。

「ひちわりってなんだ？」

「ちっちゃいなっとー」

「小さい……あぁ！」

秋人の補足説明に、ポンと膝を打つ。ひちわり……ひきわり納豆のことか。

冷蔵庫を開けた時、普通の納豆の隣にひきわり納豆の三個パックもあったのだが、未開封だったために普通の納豆を開けてしまった。

楓人には悪いことをした。

「ごめんな、楓人。うどんもおつゆもまだあるから、今よそい直す。こっちは俺が食べるよ」

「ありがと……ございます」

「どういたしまして」

楓人の丼を回収し、頭をなでる。心からホッとしたような楓人の顔を見て、余分に作っておいてよかった……と、俺の方も胸をなで下ろした。

腹ごしらえが済むと、順番に歯磨きをして夜用のオムツをはかせ、寝室に移動した。

三つ子の話によると、お風呂はお姉さんが夕方出勤する前に入れてくれたらしい。

おそらく、体調不良の真智の負担を軽くしようとしてくれたのだろう。俺が来る前からパジャマも着ていたし、あとは寝かせるだけだ。

三人と真智とで一緒に寝るためか、畳の上に布団が三つつなげて広げてあった。

ごろんと寝転んでみると真智の甘い香りがふわっと鼻先をかすめ、子どもの前だというのにどきりとしてしまう。

「……麦人？　寝ないのか？」

秋人と楓人はそれぞれ自分の枕のところで横になったが、麦人だけ布団にものらずにドアの前で立ち尽くしていた。

パジャマの裾をギュッと掴んだ麦人の目がだんだんと潤んでくる。

「ママ……」

ぽつりとそう言った麦人が、ぐすっと鼻を鳴らす。

ママと寝たい……そういうことなのだろう。まだ二歳だものな。知り合ったばかりの俺より、大好きな母親と寝たいに決まっている。

その気持ちはわかるのだが、解熱剤が効いて安らかに眠っている真智を起こしたくはない。今夜だけなんとか、一緒に寝てもらえないだろうか。かける言葉を探していたら、今度は別の場所からもすすり泣きの声が。

「ママぁ～……」

今度は秋人だった。泣き顔を見られたくないのか、うつぶせになって、枕に顔をこすりつけている。すると相乗効果が起きたように、麦人の泣き声も大きくなる。

「ママ、いっしょねるぅ……わぁぁん」

「ふたりとも、なかないでよ、うっうっ……」

最終的には楓人もしくしく泣き始めてしまい、俺はオロオロするばかり。とりあえず三人を呼び寄せてギュッと抱きしめ、ここは真智の力を少し借りることにした。

「ママはお熱だから一緒の布団では寝られないけど、あっちのお部屋に布団を持っていこう。そうすれば、見たい時に顔が見られるし、寂しくないだろ？」

一番にうなずいたのは、強がりの秋人だ。

ふたりもそれにならうようにうなずいて、なんとか泣きやむ。

リビングに移動して、ソファの横にあったテーブルを壁の方へ寄せると、寝室から運んできた布団を敷く。真智と同じ空間に寝られることに三人の情緒も安定したらしく、それぞれ自分の枕に頭を置いて、寝る体勢に入ってくれた。

「ちゃちょー、うどん、またちゅくる？」

青いパジャマのかわいい次男が、おねだりするような声で言う。

「麦人が食べたいなら作るよ。秋人はどう？」

「たべる！　でも、ふうのなっとー、ちっちゃいだよ」

もう失敗するなと言わんばかりに忠告する、赤いパジャマの秋人。俺にとっても痛恨のミスだったので、思わず苦笑する。

「ああ、もう覚えたよ、秋人」

「こんど、ママもいっしょにたべる」

ソファで眠る真智の方を見上げて言ったのは、黄色いパジャマの楓人。短い時間一緒にいただけだが、彼だけ助詞をうまく使いこなしていることに感心した。

「そうだな、楓人。今度はみんなで食べよう」

できることなら毎日、きみたちの顔を見て食事がしたい。かわいい信号機の色に挟まれて、穏やかな眠りにつきたい。

子どもの体温に挟まれていると、まだ眠くなかったはずなのにうつらうつらしてくる。三人がひそひそと話す声も次第に聞こえなくなり、俺はいつの間にか眠りに落ちていた。

永遠の愛を誓って

「ん……」

まぶたの向こうに朝の気配を感じ、上半身を起こす。

カーテンの隙間から細く差し込む朝日が、薄暗い部屋をちらちらと照らしていた。

頭がすっきりしている。よく眠れたみたい……。

前髪をかき上げようとしたら、端が乾いて生ぬるくなった冷却シートがポロッと額から剥がれた。

そういえば、龍一さんが買ってきてくれたんだっけ……って、あの子たちは⁉

急に覚醒してソファを下りようとしたら、床にいつもと違う光景が広がっていたので目を見張った。

龍一さんの首に抱きつくようにしている麦人、脚にしがみついている秋人、彼の脇の下で遠慮がちに丸くなり、スヤスヤ眠っている楓人……。

子どもたちの穏やかな寝顔を見ただけで、龍一さんがどれほどがんばってくれたのかがわかった。

姉は昨日の夕方から仕事で今日も昼頃まで帰らない。

姉が出勤する前から微熱はあったので三つ子のお風呂だけは世話してもらったものの、ここまで熱が上がるとは思わず『夕飯は自分でできるよ』と言ったのがまずかった。実際に支度をしようとしたら急な寒気とだるさに襲われて料理どころではなく、本当に困り果てていたのだ。

それにしても、四人の体にまったく布団がかかっていないのでクスッと笑ってしまう。これだけくっついて寝ていれば寒いということはないだろうけど。

四人を起こさないようにソファから下りた私は、スマホで時間を見る。

……まだ五時半だ。シャワーでも浴びよう。

バスルームへ向かいながら届いていたメールなどのチェックをし、石狩部長から届いていたメッセージに【今日は行けます】と急いで返信した。

シャワーで汗を流し、着替えてからリビングで熱を測ってみると、三十六度五分の平熱まで下がっていた。体も軽いし、もう大丈夫だろう。

音を立てないように部屋を片づけていたら、龍一さんがむっくり起き上がった。

ふぁ……と小さなあくびをした彼は、寝起きで細くなった目でキョロキョロし、私の姿を見つける。同居していた時でさえあまり見たことのなかった無防備さが、なんだかかわいらしく思える。

子どもたちの体をそっとよけて立ち上がった彼が、目をこすりながら近づいてきた。

「真智……もう、平気なのか？」

「はい、おかげさまで。昨夜はかなり疲れたでしょう」

「いや、三人ともそれぞれかわいくて、新鮮だったよ。少しは役に立てたか？」

まだ寝ている三つ子を優しい眼差しで見下ろし、龍一さんが言う。

「少しどころじゃありません。私ひとりじゃ家の中がめちゃくちゃになっていたと思うので、本当に助かりました。ありがとうございます」

「いや、今まできみに育児を任せきりにしていた罪滅ぼしは、ひと晩面倒を見たくらいじゃ足りないよ」

伏し目がちに語る彼の表情には、後悔が滲んでいる。

龍一さんが責任を感じることではないのに……真実と向き合う勇気がなかった私が、勝手に逃げただけなのに。

「真智、今までひとりにさせて、本当にすまなかった」

ゆっくり手のひらを差し伸べた彼が、私の頬に触れる。

久々に近くで見つめ合った彼の瞳には、あの頃と変わらない強烈な引力があった。

過去のものだと思っていた恋が、一瞬で今の私の中に戻ってくるかのよう。

だけど、今度こそハッキリさせなくては。

私たちの気持ちは、本当に……重なり合っているのかを。

「龍一さん、私……」

鼻先が触れそうなほど近くにある彼の顔を見つめ、核心に触れようとしたその時。

「あっ、ママーっ」

布団の敷かれた方から元気な声がして、龍一さんがパッと手を離す。声のした方をふたりで振り向くと、麦人が私の足もとめがけてギュッと飛び込んできた。

「おはよう麦、昨日はごめんね」

「おねつ、ないない？」

「うん、もう下がったよ」

しゃがんで目線を合わせ、寝ぐせのついた髪をなでてやる。麦人はこの上なくうれしそうに微笑み、昨日は不安だったんだろうなと察する。

よくがんばったね、麦……。

「うおおお、ちゃき、ちゃきーん」

よくわからない擬音を口にしながら突進してきたのは秋人だ。たぶん、秋人なりに喜びを表現しているのだろう。去年のお遊戯会で踊ったダンスを私の周りで舞い踊り、とにかくテンションが高い。

「おはようママ。……もうげんき?」

「うん、元気だよ。今日はみんな保育園に行こうね」

ゆうべ、楓人が踏み台を使って冷凍庫を開けた時には驚いた。キッチンにはベビーゲートをつけているが、サイズの都合で冷蔵庫だけはゲートの外なのだ。

「危ないからダメ」と言ったのだが楓人にしては珍しく言うことを聞かず、小さな手で持ってきたのはひと粒の氷。それを私の額にのせてくれたのだが、氷はすぐに解けてしまうしすべって落ちてしまう。

そのことに気がつくと、今度は持てるだけの冷凍食品を引っ張り出して、私の顔の周りに置いてくれたのだった。

その精いっぱいの看病が、どれほどうれしかったか……。

感謝を伝えるように目の前の小さな頭を両手でたくさんなで、ギュッと抱きしめた。

出勤や保育園の準備もあったため、その日は結局龍一さんと話ができずに終わってしまった。

けれど、彼が子どもたちと真摯に向き合ってくれたことで、心の迷いが晴れた気がする。あとは本当に、お互いの気持ちを確認するだけだ。

間もなく五月の大型連休がやってきて、龍一さんとの約束の日を迎えた。三つ子を見る姉も大変なので、ほんの二時間のランチ。

ビルに囲まれていながらもガーデンテラスに緑がたっぷりの明るいレストランで、窯焼きピザが食べられるコースを龍一さんが予約してくれた。

料理を待つ間、さっそく彼が口火を切る。

「まずは、謝らなければならない。……小峰詩のことだ」

どきりとはしたが、必要以上に動揺はしなかった。先日のニュースで、彼女の本質がようやくわかったからかもしれない。

「彼女はSNSで思わせぶりな投稿をしていたようだし、シンガポールでは常に俺につきまとっていた。だが、誓って深い関係などではない。もっと言わせてもらうなら、俺はそんな悪趣味ではない」

彼らしからぬ毒を吐いたのが予想外で、クスッと笑ってしまう。

あの当時だってちゃんと話をしていれば、同じ言葉が聞けたかもしれないのに……

あの頃の私は本当に未熟だった。もちろん、妊娠して不安定になっていたせいもあるけれど。

「小峰さんのことはわかりました。じゃあ、今度は私から……」

すうっと息を吸い、鎖骨の上で揺れるネックレスに触れる。

婚約指輪こそつけてこなかったが、今日は願いをかけるように、昔龍一さんからもらった流星のネックレスを身に着けてきたのだ。

三年越しの想いが、今度こそ実りますようにと。

「シンガポールへ発つ龍一さんを見送った時、『話したいことがある』と言いましたよね。あれは――」

「待ってくれ真智。俺から言わせてもらう。偽装結婚を申し込んでしまった手前すぐには言い出せなかったが……帰国したら必ず伝えると決めていたんだ」

私の言葉を遮り、龍一さんが居ずまいを正す。

テラスの緑を揺らす風が、さぁっと流れていった。

「俺はあの頃からずっと、そして今でも、きみが好きだ」

まっすぐ私を見つめる強い眼差しに、ずっと欲しかった言葉に、心を射貫かれる。

私たち、同じ気持ちだったんだ。一度はすれ違ってしまったし、あの頃と今とではお互いを取り巻く状況も変わっている。

それでも『好きだ』と断言してもらえたことに、胸が熱く震える。

「龍一さん、私もです……。ずっとあなたに好きだって、伝えたかった」

気持ちがあふれすぎて、涙がこぼれた。眼鏡をはずした目もとにハンカチをあて、照れ隠しのように笑う。

「ごめんなさい、うれしすぎて……」

「真智。今度こそ、俺たち夫婦になろう。偽装なんかじゃない、愛で結ばれた夫婦に」

そんな夢のような希望は抱いてはいけないのだと、ずっと思っていた。

私は彼にふさわしくない、形だけの妻なのだと、常に自分に言い聞かせていた。

だけど、今なら彼の言葉を信じられる。龍一さんにきちんと愛されていると、この心がたしかに感じているから。

「龍一さん……。はい、喜んで！」

涙を散らして、微笑みかける。龍一さんも優しく目を細めてうなずいた。

間もなく前菜が運ばれてきたが、胸がいっぱいでせっかくのランチの味もよくわからない。すぐに満腹になってしまったので、メインのピザは龍一さんにほとんど食べてもらった。

「ピザなんて久しぶりなのに、悔しいです……」

「たしかに、二歳児にピザは早いか。自宅で作るのはどうだ？　脂肪分少なめにアレンジできるだろう」

「そっか、これからはそんな余裕もできるんですね。今までは料理をするにもそんな余裕はなく、とにかく毎日の生活を乗りきることしか考えてなかったので……」

「それで十分立派だよ。俺はまだ少しの間しか三人の面倒を見てないが、二十四時間三百六十五日あれをひとりでしろと言われたら、気が遠くなる。夫婦で協力するだけでなく使えるサービスはできるだけ使って、真智もこれからは少し休んだ方がいい」

「……ありがとうございます」

休みたくても休めない毎日を必死で駆け抜けてきたから、ふとかけられた優しい言葉に、またしても目が潤んでしまう。

ダメだ……今日はどうにも涙腺が緩い。

「これからは泣きたい時には泣いて、つらい時にはつらいと言ってくれ。そのために俺がいるんだ」

「ああ、もう……ダメですって。あんまり甘やかさないでください」

再び眼鏡をテーブルに置き、ハンカチを顔に押しつける。龍一さんは私が泣けば泣くほどなぜかうれしそうだ。

「心から愛する相手だ、甘やかすに決まってる」

「だから、ダメですって……うぅ」

泣かされてばかりのランチだったが、三年以上の時を経て重なり合った想いを確かめられた時間は、間違いなく温かな幸せに満ちていた。


龍一さんと予定をすり合わせ、大型連休の最終日に彼と私、そして三つ子たちとで動物園に行くことになった。休日に出かける場所といえばもっぱら近所の公園だった三つ子たちにとっては、かなり新鮮な体験。

前日の夜眠る前に、彼らが大好きな〝しゃちょー〟も一緒に行くのだと伝えた。

とくに喜んだのは秋人で、布団の上でひとしきり飛び跳ねてから、興味津々に問いかけてくる。

「なんで？　なんでいっしょいく？」

「……なんでか知りたい？」

「うん！」

「ムギもー」

「ママ、ぼくも」

私を取り囲む六つの瞳がらんらんと輝いている。

今まで『お母さんしかいないおうちもあるんだよ』と説明していただけに、真実を告げるのは少し緊張する。

だけど、彼らは三人とも単純に龍一さんのことが大好きだ。私が熱を出した時に一度面倒を見てもらっただけなのに、一日に一回は三人のうちの誰かに、次はいつ彼と遊べるのかと聞かれる。

だからきっと、大丈夫——。

「じゃ、言うよ」

私はゴホンと咳払いをして、三つ子の顔を順に見つめた。

「実は……社長って、きみたちのパパなの」

内心ドキドキしながらも、ハッキリと告げる。

しかし三人ともただ目を丸くするだけで、すぐに喜ぶ様子はなかった。

我が家にパパの存在はなくとも、絵本やアニメ、保育園生活でパパの概念はわかっていると思うのだけれど……やっぱり、戸惑いの方が先にくるのかもしれない。

「だから、あんなにしんせつなんだ」

「えっ？」

きょとんとするばかりの秋人と麦人とは違い、納得したように呟いたのは楓人だ。

「うどんつくってくれたし、ぼくのなっとう……ちゃんと、かえてくれた」

私が風邪をひいた時の話だろう。納豆の件がよほどうれしかったのか、楓人は目をキラキラさせている。

すると彼に感化されたかのように、ほかのふたりもうんうんとうなずき合った。

「そだ、ちゃちょー、パパだ」

「アキトって、なまえちゃんとゆってくれるし」

「ママにもやさしい」

顔を突き合わせ、龍一さんイコールパパである根拠をあげていく三人。

私はすっかり蚊帳の外だが、兄弟三人だけで盛り上がれるのは成長の証。眺めているだけで尊い気持ちになる。

「ねえ、すぐにではなくても、社長……パパと一緒のおうちに住むのはどう思う?」

龍一さんがパパであることはどうやら受け止めてくれたようなので、さらに突っ込んだ質問をしてみる。三人の顔が、いっせいにこちらを向いた。

「いいよー」

間髪をいれずに秋人が言う。

「パパ、うどんちゅくる？」

麦人は指をくわえ、もう食事の心配をしている。

「ママ、あたらしいおふとんかわないと」

部屋を見回してそう言った楓人は、この家で一緒に暮らすと思っているようだ。龍一さんと暮らすこと自体にネガティブな気持ちを抱いている雰囲気は誰にもなさそうでホッとする。

「よしっ。みんなの気持ちはわかった。細かいことは、明日パパに聞いてみよう。そろそろ寝ないと、動物園に遅れちゃう」

そう言うと、素直な三つ子はおもしろいくらいにハッとした顔をして、慌てて自分の位置に戻っていく。

「ライオンいるかな」

「ムギ、キリンさんみるー！」

「ぼく、カンガルーのあかちゃんがみたいな」

それぞれ明日の希望を口にしているうちに眠そうな目になってきて、やがてスイッチが切れたように、静かな寝息を立て始めた。私は枕もとのスマホを手に取り、龍一さんにメッセージを打つ。

【子どもたちに、龍一さんがパパだと明かしました。みんなうれしいみたい】

少しして既読がつき、彼からの返事を受信した。

【よかった。それじゃ、明日は張りきってパパをしないとな】

【無理をすると疲れますよ。これからはもう、毎日パパなんですから】

【そうだったな。じゃ、毎日張りきるよ】

語尾には力こぶの絵文字が添えられていて、クスッと笑みがこぼれる。いつも通りでいいのにとも思うけれど、がんばって三つ子の父親になろうとしてくれている気持ちが伝わってきてほっこりする。

その後も何通かメッセージのやり取りをしているうちに、私は自然とまぶたを閉じていた。


翌日は快晴に恵まれ、まさに動物園日和。マンションの前まで迎えに来てくれた龍一さんの車で、郊外の動物園へ向かう。

今までセダンタイプの車に乗っていた彼だが、私と再会し三つ子と対面してすぐに七人乗りのSUVに車を買い替えたという。もちろん、チャイルドシートも三人分揃えてくれた。

三列シートの後列に秋人と楓人、二列目のシートに寂しがり屋の麦人を乗せ、私はその隣に。基本的に三人とも乗り物が好きなので、ドライブの間中はとてもいい子にしてくれた。

オムツや着替えなどとにかく荷物が多いが、今日は三つ子と荷物が一緒にのせられる大きなカートを持ってきたので、龍一さんがそれを引いてくれた。

大人が自分のほかにもうひとり、しかも力のある男の人がいるだけでこれだけ外出が楽になるのかと私自身も感動したが、混雑している人気の檻の前でも龍一さんの肩車のおかげでなんなく動物が見られて、子どもたちも喜んでいた。

「みて、あくびした！　がおーって」

「パパ、ながーいの、きりんさん、くび」

「あかちゃん、ほんとにふくろのなかにいる……」

隣にいる私には動物が見えなくても、子どもたちの楽しげな声を聞いているだけで十分だった。父親である彼の存在がなければ、こんな体験はさせてやれなかった。そう思うと、彼と向き合うことから逃げなくて、本当によかったと思う。

子どもたちが疲れすぎないよう午後には動物園を出て、夕方には自宅に到着した。

カートにも乗ったがよく歩いた一日だったので、三人とも家に着いたことも気づかずに熟睡している。

車を路肩に寄せてもらったところで、私は自分のシートベルトをはずして言った。

「さて、かわいそうだけど起こさなくっちゃ」

「真智、少しだけ待って」

「えっ？」

麦人のチャイルドシートをはずそうとしていた手を止めると、龍一さんが運転席を下りて後部座席のドアを開ける。子どもたちを降ろすのを手伝ってくれるのだろう。

「すみません、うしろのふたりをお願いしても――」

車内に身を乗り出した彼に言いかけた瞬間、龍一さんが「しっ」と人さし指を口もとに立てる。反射的に黙った私にとろけるような眼差しを向けた彼は、ゆっくりと顔を近づけてきて、触れるだけのキスを私の唇に落とした。

お互いの気持ちはわかっているとはいえ、こんな状況でキスされるとは思いもしなかったので、顔中にぶわっと熱が広がる。

「……ごめん。こんな時でもないと、チャンスがなかったから」

苦笑する彼だが、謝ることではないので首を左右に振る。

ふいに伸びてきた龍一さんの指先が、くすぐるように私の頬をなでた。

「子どもたちがかわいくて仕方ないのはもちろんだが、今後はきみへの愛情も惜しげなく注ぐつもりだから、そのつもりでいて」

瞳をまっすぐ覗かれ、熱をはらんだ声でささやかれる。忘れかけていた女としての感覚が、ジンと体を疼かせる感覚がした。

「は、はい……」

「じゃ、先に麦人と降りてくれ。俺はベビーカーを出して、うしろのふたりを降ろす」

最後に甘い笑みを浮かべた後は、一瞬にしてパパの顔に戻った龍一さん。

私もいつも通りの自分に戻ろうと必死で母親の顔を張りつけていたけれど、不意打ちのキスの余韻が尾を引いて、胸はいつまでも高鳴っていた。

女としての喜びをもっと直接的に思い出させられたのは翌月。婚姻届を提出して新居に越した夜のこと。

引っ越しはほとんど業者任せだが、危険な作業中でもおかまいなしにちょろちょろしようとする三つ子を監視するのに、夫婦でクタクタになった。

その疲れを癒やそうと、子どもたちが寝静まった後で龍一さんにバスルームへ誘われた。

けれど、〝疲れを癒やす〟なんて口実だったのはすぐにわかった。浴室に引き込まれるや否や壁に背を押しつけられ、息つく暇もないほどの激しいキスを浴びながら、彼に全身をまさぐられる。

　忘れかけていた甘い快楽をいとも簡単に引っ張り出されてしまった私は、浴室の床に恥ずかしいほど蜜を滴らせ、されるがまま。彼の逞しい腕に掴まり爪を立てながら、思考を飛ばされないようにするだけで必死だ。

「りゅ、いち、……さん……あっ」

「変わっていないな、真智……。きみのココ、俺が欲しいとねだってる」

　悔しいが、彼の言う通りだ。張りつめた彼自身を入口に擦りつけられただけで、そこは淫らに蠢いて、彼をのみ込もうとする。

「だって、好きだから……っ、ずっと、好きだったから……」

　入りそうで入らない、緩慢な動きに焦らされながら、必死で愛を乞う。

「うれしいんです、こんなに近くに、龍一さんがいること」

　そう言うと、私は自分からチュッと彼に口づけした。唇を離して龍一さんと目が合うと、彼は困ったように笑った。

「耐えられなくなるだろう……そんなことを言われたら」

額をくっつけて、瞳を覗きながら、彼がぐっと腰を押しつける。ようやく彼とつながることができた喜びと全身を貫く強烈な快感に、脳が甘く痺れた。

「もう二度と逃がしはしない。こうして毎晩、きみの夫は誰であるかを教え込む」

情熱的な言葉に、貪るようなキスの応酬。そして体の奥深くまで届く彼の熱が、泣きたいほどに恋情を募らせる。

こんな感覚、忘れていた。彼のことが愛しくて愛しくてたまらない、体中でそんなふうに思うこと。

感情があふれたように、目の端にじわりと涙が浮かぶ。体の限界もすぐそこまで迫っていて、私は息を切らせて彼の名を呼んだ。

「龍一さん、龍一さん……っ」

「真智……愛してるよ。俺のすべてを、きみに捧げる」

見つめ合い、唇を合わせ、歓喜に震える体を固く抱きしめ合う。

心のもっと深いところ、魂でつながったような感覚に、私たちはしばらくの間恍惚となった。

――翌年の秋。三つ子の四歳の誕生日が過ぎた頃に、私たちは挙式の日を迎えた。

龍一さんや子どもたちと話し合って決めた式場は、内部が円形になっている珍しいチャペルが特徴だ。式が開始すると同時に、私たちの希望する特別な演出で彩られる予定なので、ワクワクしている。

今日ばかりは眼鏡をコンタクトに変え、甘すぎないロングスリーブのAラインドレスに身を包んだ花嫁の私は、頭にふわりとかぶさるベール越しに、三人のかわいい王子たちに声をかける。

「三人とも、準備はいい？」

お揃いのチェック柄スリーピースに身を包んだ三人が、競うように口を開いた。

「まかせて！　ぼくがみぎがわ」

「おれがひだりがわ」

秋人と楓人が持つバスケットの中には、フラワーシャワー……ならぬ、光る星のプレートがいくつも入っている。子どもたちふたりにそれを撒いてもらいバージンロードをキラキラと光らせるのが、入場を盛り上げる演出のひとつだった。

「麦も、大丈夫？」

「うん！　ママといっしょにあるいて、さいごパパにバトンタッチ」

「よしっ。完璧ね」

三人の役割を確認したところで、入口のスタッフが目配せをくれ、チャペルの扉が開く。照明が落とされた暗いチャペルに四人で入っていくと、やがて扉が閉まった。

外からの光が完全に遮断された直後、円形の天井が数えきれない星を映して輝きだす。参列者の間から、わっと歓声があがった。

プラネタリウムさながらの投影機で、チャペル全体を星空にする。それが、私たちこだわりの演出だった。

私たちを出会わせてくれたスパーシル、ずっと私を支えてくれた姉や、石狩さん。天国で私を見守ってくれていた母。そして、秋人、麦人、楓人。

たくさんのきらめきに導かれ、私たちはこの日を迎えることができた。

その感謝の気持ちを、どうしても表現したかったのだ。

「行くよ」

小声で三人を促し、秋人と楓人の手のひらから舞い散る星の欠片(かけら)に目を奪われながら、麦人に手を引かれてバージンロードを進む。

顔を上げてまっすぐ見つめた祭壇の上には、凛々しいブラックタキシード姿の龍一さんがいた。

祭壇に到着すると息子三人は着席し、私と龍一さんは牧師と向き合う。

ロマンチックな星空の中で誓いの言葉を述べ、指輪の交換。誓いのキスは子どもたちの前なので、少し照れくさかった。

夫婦でのキスが終わると、三つ子たちも手招きして呼び寄せる。祭壇の前に家族五人で集まり、三人それぞれに、パパとママから頬へのキスをプレゼントした。

最後に龍一さんが三つ子と目線を合わせるようにしゃがみ、天井を指さす。

「秋人も麦人も楓人も、パパとママにとってはあんなふうに輝く星みたいな存在だ。世界で一番の宝物」

「ママもよ。みんなのキラキラした笑顔が大好き。これからもよろしくね」

三つ子たちはそれぞれ、うれしそうにはにかんで「うん!」とうなずく。彼らの愛らしい六つの瞳は、いつだって私たち夫婦の心を明るく照らしてくれる一等星だ。

FIN

特別書き下ろし番外編

次男の親切な忠告――side龍一

三つ子が小学一年生になった年の夏休み。

俺は子どもたち三人を連れて、大手航空会社『スカイイーストエアライン』が毎年催している格納庫見学ツアーに参加した。三つ子は幼い頃から乗り物が好きだが、中でも飛行機を愛してやまないからだ。

本当は真智も一緒に連れてきたかったが、彼女は今、出産直後の姉、美賢さんを見舞うため病院へ行っている。俺はまだ直接赤ちゃんに会ってはいないが、元気な女の子が生まれたそうである。父親はなんと、あの石狩さんだ。

石狩さんは雨の日にバイクで転倒してけがを負い、運ばれた病院が美賢さんの勤める病院だったそう。軽傷ではあったが数日入院し、彼女の看護を受けている間に〝部下の姉〟ではなく女性として、美賢さんを意識するようになったとか。

猛アプローチの末プロポーズを承諾してもらえた後は、大好きなバイクに乗るのもやめ、とにかく美賢さんを溺愛している。

美賢さんも真智と同じく男性を信用できない節があったが、石狩さんの人柄と深い愛が彼女の心を溶かしたのだろう。今ではすっかりおしどり夫婦である。

もちろん俺たち夫婦だって負けてはおらず、三つ子が小学生になり多少子育てに余裕もできたので、ベッドで愛し合うひとときは以前より甘く濃密。

夫婦で過ごす時間が長くなればなるほどお互いの体がなじんで、ますます相性がよくなっている気がする。

昨夜だって、あまりに真智の体が素直に反応するからつい歯止めがきかなくて……。

「パパの分もあったらよかったのにねー、この服」

記憶の中の真智を再び愛でようとしたら、前方から麦人の声が聞こえて我に返る。

思考にどっぷり浸っていたのでキョロキョロ辺りを見回すと、三つ子と俺は格納庫へ続く通路を歩いている最中だった。

「大人用を買う金がないのかな」

「スカイイーストは上場企業だからそんなわけないよ。単に、大人は着るのが恥ずかしいんじゃない？　ね、パパ」

こちらを振り返った楓人に、取り繕ったような笑みを返す。

「あ、あぁ、そうかもな。でも、三人ともよく似合ってるぞ」

子どもたちにはもれなくスカイイーストのロゴが入ったツナギとヘルメットが貸し出されているので、今の彼らは小さな整備士のよう。子どもたちは純粋にツアーを楽しもうとしているというのに、俺はなんと不まじめなことを考えていたのだろう。

バツの悪さを咳払いでごまかし、三人の頭をそれぞれなでる。

ツアーにはほかにも十組ほどの親子連れがいて、子どもだけでなく親たちも一様に、ワクワクした表情をしていた。


「すげー！　でっけー！」

巨大な足場に囲まれた格納庫の内部。初めて間近で旅客機を眺めた秋人が、目をキラキラさせた。案内を務めるツアーコンダクターの女性も、子どもらしい反応に優しく目を細めている。

「近くで見ると、ちょっと怖いね」

いまだに少し臆病な性格の楓人は、眉を八の字にして隣の楓人に身を寄せる。

楓人は持参したタブレットを操作すると、旅客機の中でもとくに目を引くエンジン部を見つめた。

「エンジンだけで直径三メートル。重さ七トンらしいよ。こんなものが空を飛ぶなんて、興味深いよね」

幼い頃から大人びていた楓人だが、小学生になりますます博識ぶりに拍車がかかっている。兄弟間では勉強のことで困ったら楓人に聞こうという暗黙の了解ができあがっており、教える楓人もうれしそうである。

「へー、よく知ってんじゃん、楓」

そんな声とともに、ひとりの男性整備士が楓人に近づいてきた。

一瞬警戒したような顔をした楓人だが、男性の顔をよく見て知り合いだと気づくとふっと表情を緩めた。

「平祐くん」

「あっ、平祐！　なんでここにいんの？」

「こんにちはー、平祐！」

三人それぞれに馴れ馴れしく……もとい、親しみを込めて下の名前で呼ばれている彼は、石狩さんの弟、平祐さん。美賢さんと石狩さんが結婚してから弟の彼もうちの家族と交流があり、三つ子とよく遊んでもらっている。

「こんにちは。騒がしくしてすみません」

「あっ、降矢さん。ちぃっす」

兄の石狩さんより容姿も言動も現役ヤンキー感強めだが、航空整備士という職業は子どもたちにとって憧れ。

性格も親しみやすいので、三つ子たちは彼が大好きだ。

平祐さんは三つ子のヘルメットを一度ずつポンポンと叩いて、人懐っこく笑う。

「いつも言うけど呼び捨てすんなっての。あと、ここは俺の職場なんだからいるに決まってるだろ？　で、どーよこの格納庫。かっけーだろ。お前たちも将来は整備士目指してみろよ」

「やだ。俺、パイロットの方がいい」

「僕はどちらかというと宇宙物理学に興味があるので、こういう現場はちょっと……」

秋人はバッサリと、楓人はやんわりと誘いを断る。

正直すぎるふたりに、平祐さんも苦笑いだ。ふたりとも素直な気持ちを口にしたのだろうが、なんだか申し訳ない。

「つれないなぁお前たち。麦はどうだ？」

「えっと、僕は……」

麦人がうつむいて悩み始める。

パイロットでも整備士でも宇宙物理学者でも父親としては応援するつもりだが、麦人はなんと言うだろう。親でも予測がつかなくて、ジッと小さな口が開くのを待つ。

やがて意を決したように麦人が顔を上げた。

「僕、スパーシルの社長になりたいから、整備士はやめとく」

……なんと。今まで俺の仕事に興味を示したことなどなかったのに、いったいどういう風の吹き回しだ？

根拠のない気まぐれだろうと思う反面、理由があるなら気になる。

「麦人、どうしてそう思うんだ？」

身を屈めて顔を覗き込むと、麦人は少し考えて話しだす。

「ママがさ、いつも楽しそうに仕事してるでしょ？」

「そうだな」

時代の流れでリモートワークも多くなり、真智も俺も時々家でパソコンを開いて仕事をしているが、黙って淡々とパソコンを睨んでいる俺と違って、真智はたしかに楽しそうだ。

考えながら部屋をウロウロ歩いてみたり、アイディアを得ようとしているのか子どもたちのおもちゃをあらゆる角度から眺めてみたり。猫背でパソコンに向かいうんうん唸ったと思ったら『できたー！』とバンザイしたりもする。

そんな時は子どもたちもわらわらと真智のもとに集まって一緒に喜んでいるので、仕事をがんばるママの姿は我が家の日常の光景だ。

「前に僕、『お仕事なのにどうして楽しいの？』ってママに聞いたんだ。そしたら、『パパのおかげ』って言ってた」

「俺のおかげ……？」

家庭と仕事との両立に、たしかに夫婦の協力は不可欠ではあるが……。

「うん。ママたちが楽しく仕事できる環境を、社長のパパががんばってつくってくれてるって。僕、会社ってどんな場所かまだよくわからないけど、みんなが楽しく過ごせる場所をつくる人になりたいんだ。パパみたいに」

「麦人……」

しっかりと自分の考えを語った彼は、もう一番の泣き虫だった小さな〝ムギ〟ではなかった。気の強い兄にも、大人びた弟にも負けない優しさを武器に、これからもっともっと立派に成長していくのだろう。

ずいぶん気が早い気もするが、三人が俺と真智のもとを離れていく将来を想像し、思わず目頭が熱くなった。三つ子の親になってからというもの、ささいなことですぐに涙腺が緩んでしまうので困る。

「まーたしかに上司がどんな人かって大事だよな。うちの上司は兄貴に似て小うるさいところがあっ——」

「誰が小うるさいって？」

平祐さんが愚痴をこぼしたその時、彼の背後から近づいてきたガタイのよい整備士の男性が、平祐さんの首根っこを掴んだ。

蛇に睨まれた蛙、という表現がぴったりの様子で身をすくめる平祐さんを見る限り、今まさに噂していた上司なのだろう。

「あ、はは……最上(もがみ)さん、お疲れさまです……」

「こんなところで油を売ってる元気があるなら、引き継ぎはしないでこのまま働いていくか？　馬車馬のごとく」

「じょ、冗談きついっすよー……ほらっ。夜勤明けの目がこんなにショボショボして」

不自然に瞬きをぱちぱち繰り返す平祐さんがおかしくて、三つ子がこらえきれずに噴き出している。

調子のよい彼には、兄である石狩さんもこの最上さんという上司も、きっと手を焼いているのだろう。そう思ったら、俺も小さく笑ってしまった。

「言い訳は聞かん。さっさと整備状況の報告」

「は、はーい……。じゃーな、秋、麦、楓。気が変わったら整備士の仕事、いつでも教えてやるからな」

名残惜しそうに去っていく平祐さんを見送り、正規の見学ルートへと戻る。

俺は格納庫のあらゆる景色や、旅客機の前で三つ子が並んだ写真をたくさん撮り、真智と夫婦で共有している写真アプリへと保存した。

ツアーの後も羽田(はねだ)空港を散策し、夕方になってから真智と合流した。これから家族で食事をする予定だが、せっかくなので真智も飛行機が見たいと、五人で展望デッキへと移動する。

ショップでアイスコーヒーを買うと、手すりにかじりついて滑走路を眺める子どもたちを横目に、俺と真智は適当なベンチに腰を落ち着けた。

真智は爽やかなオフホワイトのシャツワンピース姿でアイスコーヒーのストローをくわえ、飛び立つ飛行機を眺めてはまぶしそうに目を細めている。

その横顔に夏らしい魅力を感じ、飽きもせず胸がときめく。

俺の視線に気づいた真智が、ストローから口を離してはにかんだ。

「どうしたんですか？」

「ん？　かわいいから見ているだけだ」

胸の内をそのまま告げたら、真智の頬が見る見るうちに赤く染まる。

「ま、またそんなこと言って。こういう場所では自重してくださいよ」

「じゃ、家ならいいのか？」

「そう言われると……家でも困っちゃうんですけど」

正直な彼女がおかしくてクスクス笑った。たとえ家でふたりきりでいても、真智はいまだに俺の甘い言動にどぎまぎして困った顔をする。それがかわいくて、余計に困らせてしまうのが常だ。

「偽りの婚約者だった頃、あんなに訓練したのにな」

「訓練で慣れるなら苦労はしませんよ。それに、あの頃とは気持ちも違うし」

「違うって、どんなふうに？」

「それは、その……龍一さんのこと、昔よりずっと……」

眼鏡の奥、俺を見つめる真智の瞳が潤んでいる。俺を見つめる時の彼女は、いつもそう。言葉よりいっそ饒舌な視線で、愛おしさを訴えかけてくる。

しかし、正直なところ言葉でも伝えてほしいというのが本音だ。

「ずっと……なに？　続きは？」

「な、なんでしょうね？　私、そろそろ子どもたちのところへ――」

逃げるように立ち上がった彼女の手首をつかまえて、俺もベンチから腰を上げる。

そして、周囲にそれほど人がいないのを確認してから、真智の体を抱き寄せた。

「龍一さん……!?」

「ちゃんと教えてくれるまで、離さない」

「そんな……」

腕の中で、真智の体温が上がっていくのを感じる。また彼女を困らせている自覚があるものの、一度抱きしめたらなかなか手放せない。真智のやわらかな肌の温もりを、甘い髪の香りを、いつまでも堪能していたい。

「わ、わかりました。じゃあ、耳を貸してください……」

「ん？　こうか？」

観念したらしい真智に促され、俺は身を屈めて彼女に耳を貸してやる。真智は口もとを両手で覆い声が漏れないようにしてから、小さく口を開いた。

「……大好き、です」

微かな、けれど確実に甘い声が鼓膜を揺らし、たまらない気持ちになる。

――ああ。俺もだよ、真智。

心の中で答えると同時に、彼女の唇の端をかすめるようにキスを落とす。

まさかキスされるとは思わなかったのだろう。

手のひらでパッとその場所を押さえた彼女は、耳まで真っ赤にして俺を睨む。

「そんなかわいい顔をするから、意地悪したくなるんだ」

自分勝手な理屈を呟いてふっと笑い、真智の頬に手を伸ばそうとしたその時――。

「ねえ、そろそろ帰ろうって、言う？」

オドオドと尋ねる麦人の声と。

「いや、邪魔しちゃまずいよ。もう一回キスしてから声をかけよう」

妙な気をきかせる楓人の声と。

「それより、俺たち忘れられてない？」

あきれたような秋人の声がして、俺と真智は慌てて互いに距離を取った。

子どもたちの方を振り返ると、微妙に気まずい雰囲気を漂わせて三人がこちらを見ている。

「も、もう飛行機は見終わったのか？」

俺の問いかけに三人は顔を見合わせ、揃ってうなずいた。

「終わったけど、パパたちがまだデートしたいなら飛行機見ててもいい」

「僕たちのことは気にせず、ごゆっくり」

秋人と楓人がそれぞれ子どもらしからぬ気づかいを口にしたかと思ったら、麦人がそっと俺の服の裾を引っ張り、曇りのない瞳で俺を見つめた。

「パパ、デートはいいけどママを困らせるのはやめた方がいいよ。好きな子に意地悪するのは幼稚園児のやることって、学校の先生が言ってた」

間違いなく正論である。……ぐうの音も出ないとはこのことか。

「そうだな、麦人。気をつけるよ」

反省の弁を口にし、麦人の頭をなでる。傍らでは真智が声を殺して笑っていた。

覚えていろよ、真智。俺を笑った罰として、今夜はたっぷりいじめてやる。

父親らしい笑顔の裏で巡らせているのは、完全に幼稚園児以下の思考。

息子たちの前では絶対に言えないが、愛する真智を困らせたがるこの悪癖は、きっと一生直らない。

FIN

あとがき

こんにちは、宝月です。【憧れシンデレラシリーズ】第四弾となりました本作、お楽しみいただけましたでしょうか。

過去の経験からちょっと恋愛観をこじらせ気味の龍一に、恋愛経験がないからこそのまっすぐさで向き合う真智。足りない部分をちょうど補い合えるふたりなので、自然と惹かれ合ったのだろうなと思います。

さて、気になるのは番外編でサラッと流された（笑）、真智の姉である美賢と上司石狩の恋模様ですよね。今まで気ままに独身生活を謳歌していた石狩ですが、恋愛したくないわけではなく、むしろ好きになったら押せ押せタイプ。

美賢も真智と同じように初めは心にバリアーを張り巡らせたと思うのですが、外堀りを埋められまくって気がついた時には逃げ道がなく、『観念して俺に落ちろ』とか言われたものと思われます。

とはいえ石狩は決して俺様タイプなわけではないので口調も優しく〝俺が全部受け止めてやるから、安心して落ちてこい〟という雰囲気です。

うーん、大人だ。惚れる。（いかん、また脇役愛が発動している……）

しかし彼とは対照的にいつまでも子どもっぽいのが、石狩弟です。

番外編の執筆がちょうど夏休み時期だったので、龍一と三つ子たちを空港にお出かけさせてみましたが、まさか彼のフルネームをそこで出すことになるとは思いませんでした。あやつ、平祐って名前だったのね。

気のいい彼との整備の仕事が覗けるのは『俺様パイロットは揺るがぬ愛で契約妻を甘く捕らえて逃さない』という作品です。もちろん石狩弟はヒーローではありませんのでご安心（？）ください。

最後に。編集作業でお世話になりました担当様方、作業中に三つ子の中で楓人推しだと教えてくださってうれしかったです～。（私は秋人です！）

そして南国ばなな先生のイラストで、さらに三つ子愛が激増しました。幸せ感たっぷりな家族五人の姿をありがとうございます！

書籍化に携わってくださった皆様、そして読者の皆様のおかげでまた大切な一冊が増えました。心よりお礼申し上げます。また次の作品でお会いできますように。

宝月（ほうづき）なごみ

宝月なごみ先生への
ファンレターのあて先

〒104-0031
東京都中央区京橋1-3-1
八重洲口大栄ビル7F
スターツ出版株式会社　書籍編集部　気付

宝月なごみ先生

本書へのご意見をお聞かせください

お買い上げいただき、ありがとうございます。
今後の編集の参考にさせていただきますので、
アンケートにお答えいただければ幸いです。

下記URLまたはQRコードから
アンケートページへお入りください。
https://www.berrys-cafe.jp/static/etc/bb

内緒で三つ子を産んだのに、クールな御曹司の最愛につかまりました【憧れシンデレラシリーズ】

2023年10月10日　初版第1刷発行

著　者　宝月なごみ

発行人　菊地修一
デザイン　カバー　ナルティス
フォーマット　hive & co.,ltd.
校　正　株式会社文字工房燦光
発行所　スターツ出版株式会社
〒104-0031
東京都中央区京橋1-3-1　八重洲口大栄ビル7F
TEL　出版マーケティンググループ　03-6202-0386
(ご注文等に関するお問い合わせ)
URL　https://starts-pub.jp/
印刷所　大日本印刷株式会社

Printed in Japan

乱丁・落丁などの不良品はお取替えいたします。
上記出版マーケティンググループまでお問い合わせください。
定価はカバーに記載されています。

ISBN 978-4-8137-1488-0　C0193

ベリーズ文庫　2023年10月発売

『気高き御曹司は新妻を愛し尽くす～悪いが、君は逃がさない～【極上スパダリの執着溺愛シリーズ】』 佐倉伊織（さくらいおり）・著

百貨店で働く紗弥のもとに、海外勤務から帰国した御曹司・文哉が突如上司として現れる。なぜか紗弥のことを良く知っていて、仕事中何度も助けてくれる文哉。ある時、過去の恋愛のトラウマを打ち明けたらいきなりプロポーズされて…!?　「諦めろよ、俺の愛は重いから」――溺愛必至の極上執着ストーリー！

ISBN 978-4-8137-1487-3／定価737円（本体670円＋税10%）

『内緒で三つ子を産んだのに、クールな御曹司の最愛につかまりました【憧れシンデレラシリーズ】』 宝月（ほうづき）なごみ・著

真面目な真智は三つ子のシングルマザー。仕事に追われながらも子育てに励んでいた。ある日、3年前に契約結婚を交わした龍一が、海外赴任から帰国すると真智を迎えに来て…!?　すれ違いから一方的に彼に別れを告げ、密かに出産した真智。ひとりで育てると決めたのに彼の一途で熱烈な愛に甘く溶かされ…。

ISBN 978-4-8137-1488-0／定価726円（本体660円＋税10%）

『極上御曹司と最愛花嫁の幸せな結婚～余命0年の君を、生涯愛し抜く～』 伊月（いづき）ジュイ・著

製薬会社で働く星奈は、"患者を救いたい"という強い気持ちを持つ。ある日、社長である祇堂の秘書に抜擢され戸惑うも、彼の敏腕な仕事ぶりに次第に惹かれていく。上司の仮面を外した祇堂は、絶え間ない愛で星奈を包み込んでいくが、実は星奈自身も難病を患っていて――。溺愛溢れる珠玉のラブストーリー！

ISBN 978-4-8137-1489-7／定価748円（本体680円＋税10%）

『孤高のパイロットに純愛を貫かれる熱情婚～20年越しの独占欲が溢れて～』 宇佐木（うさぎ）・著

看護師の夏純は、最近わけあって幼馴染のパイロット・蒼生と顔を合わせる機会が多い。密かに恋心を抱いているが、今更関係が進展する様子はなく諦め気味。ところが、ある出来事をきっかけに蒼生の独占欲が爆発！　「もう理性を抑えられない」――溺愛全開で囲われ、蕩けるほど甘い新婚生活が始まって…!?

ISBN 978-4-8137-1490-3／定価726円（本体660円＋税10%）

『冷徹御曹司は想い続けた傷心部下を激愛で囲って離さない』 彼方紗夜（かなたさや）・著

恋人に浮気され傷心中のあさひ。ある日酔っぱらった勢いで「鋼鉄の男」と呼ばれる冷徹上司・凌士に失恋したことを吐露してしまう。一夜の出来事かと思いきや、その日を境に凌士は蕩けるように甘く接してきて…!?　「君が欲しい」――加速する彼の溺愛猛攻と熱を孕んだ独占欲にあさひは身も心も乱されて…。

ISBN 978-4-8137-1491-0／定価726円（本体660円＋税10%）

ベリーズ文庫 2023年10月発売

『もふもふ聖獣と今度こそ幸せになりたいのに、私を殺した王太子が溺愛MAXで迫ってきます』　やきいもほくほく・著

神獣に気に入られた男爵令嬢のフランチェスカは、王太子・レオナルドの婚約者となる。根拠のない噂でいつしか悪女と呼ばれ、ついには彼に殺され人生の幕を閉じた——はずが、気づいたら時間が巻き戻っていた！　今度こそもふもふ聖獣と幸せになりたいのに、なぜか彼女を殺した王太子の溺愛が始まって!?

ISBN 978-4-8137-1492-7／定価726円（本体660円＋税10%）

ベリーズ文庫 2023年11月発売予定

Now Printing

『俺はもうずっと前からキミを見つけていたんだよ』 田崎くるみ・著

1年前、社長令嬢の董子は片思いしていた御曹司の隼士と政略結婚をすることに。しかしふたりの関係はいつまでも冷え切ったまま。いつしか董子は彼の人生を縛り付けたくないと身を引こうと決意し離婚を告げるが…。「君を誰にも渡さない」――なぜか彼の独占欲に火がついて董子への溺愛猛攻が始まって…!?

ISBN 978-4-8137-1504-7／予価660円（本体600円＋税10%）

タイトル、価格等は変更になることがございますのでご了承ください。

電子書籍限定

恋にはいろんな色がある。

マカロン文庫 大人気発売中！

通勤中やお休み前のちょっとした時間に楽しめる電子書籍レーベル『マカロン文庫』より、毎月続々と新刊発売中！　大好きな人に溺愛されるようなハッピーな恋から、なにげない日常に幸せを感じるほのぼのした恋、届かない想いに胸が苦しくなる切ない恋まで、そのときの気分にピッタリな恋が見つかるはず。

［話題の人気作品］

再会した敏腕ドクターの深愛に身も心も包み込まれ…。

『エリート敏腕ドクターはやっと見つけたママと娘への最愛を手加減しない【極上ドクターシリーズ】』
一ノ瀬千景・著　定価550円（本体500円＋税10%）

エリート御曹司の一途愛は果てしなく深い…!?

『一途なエリート御曹司はお見合い妻へ艶めく愛を解き放つ～次期社長の愛し子を授かりました～【極秘の切愛シリーズ】』
花木きな・著　定価550円（本体500円＋税10%）

身を引くはずが、クールな御曹司の溺愛に絡めとられて!?

『怜悧な御曹司は一途すぎる恋情で純真秘書に愛の証を刻む【極甘オフィスラブシリーズ】』
Yabe・著　定価550円（本体500円＋税10%）